黄裳集

古籍研究卷V

来燕榭读书记（下）

山东人民出版社·济南
国家一级出版社　全国百佳图书出版单位

黄裳晚年在书房

《来燕榭读书记》2001 年辽宁教育出版社初版封面

来燕榭读书记（下）

《来燕榭读书记》，为黄裳先生书跋专集之二，按所收各书内容时代等，略加区分，厘为八卷；而其辑录编撰之例，基本与《来燕榭书跋》相仿。2001年3月辽宁教育出版社出版，今即据其本编入。此为下册，收录卷五至卷八。

目　录

来燕榭读书记　卷五

冷鸥堂集 …… 3
南田诗钞 …… 5
愚庵小集 …… 6
黄梨洲先生集 …… 8
葭溪集 …… 10
改亭集 …… 11
张杨园先生全集 …… 13
西归日札 …… 15
周铁门诗 …… 16
畏垒山人诗 …… 17
汪碧巢诗词稿 …… 18
东江集钞 …… 21
槲叶集 …… 22
木厓集 …… 23
炳烛斋稿 …… 25
山闻诗 …… 26

九谷集 …………………………………………………… 27
墨井诗钞 ………………………………………………… 28
栴檀阁风人稿 …………………………………………… 29
南山集偶钞 ……………………………………………… 31
陆密庵文集 ……………………………………………… 32
琴楼合稿偶钞 …………………………………………… 33
渔洋小集 ………………………………………………… 34
柳堂诗词稿 ……………………………………………… 36
七闽游草 ………………………………………………… 37
北山诗钞 ………………………………………………… 38
周栎园集 ………………………………………………… 40
赖古堂集 ………………………………………………… 41
憺园集 …………………………………………………… 42
苍岘山人集 ……………………………………………… 43
揖山集 …………………………………………………… 44
三仕草 …………………………………………………… 46
南斋诗集 ………………………………………………… 47
兖东集小红词集 ………………………………………… 48
药园诗 …………………………………………………… 50
玲珑帘词 ………………………………………………… 51
晤书堂诗稿 ……………………………………………… 52
南洲草堂集 ……………………………………………… 55
纬萧草堂诗 ……………………………………………… 57
抚云集 …………………………………………………… 58

遂初堂集 …… 60
曹楝亭集 …… 62
冰雪集 …… 64
张匠门集 …… 65
梅会诗人遗集 …… 67
松皋文集 …… 69
素心堂偶存集 …… 70
黄叶村庄诗集 …… 71
研溪先生诗集 …… 73
诗说 …… 75
匡庐集 …… 76
双云堂集 …… 77
秀野草堂诗集 …… 79
无闷堂集 …… 80
南湝集 …… 82
梅庄文集 …… 83
始读轩遗集 …… 84
含翠轩诗钞 …… 85
浪淘集诗钞 …… 86
书带草堂文选 …… 88
行脚草 …… 89
寒泉子石苞 …… 90
书馆闲吟 …… 91
出塞诗 …… 92

节必居稿 …… 93
玉几山房吟卷 …… 94
西陴诗稿 …… 95
吕晚村家训真迹 …… 97
杲堂诗文钞 …… 98
樗亭诗稿 …… 100
南崖集 …… 101
渔庄诗草 …… 103
蔓堂集 …… 104
乙未亭诗集 …… 106
秋水集 …… 107
陈岩野先生集 …… 109
古香楼稿 …… 111
春堂行笈编庚寅 …… 113
泊斋集 …… 114
佳山堂诗 …… 115
陈元孝诗 …… 116
六峰阁诗稿 …… 117
储氾云诗集 …… 118
桐野诗集 …… 119
桂留堂集 …… 120
挹奎楼选稿 …… 121
南疑集 …… 123
尺五堂诗删 …… 125

大观党文集 …………………………………………………… 126

来燕榭读书记　卷六

姜西溟先生文钞 ………………………………………………… 129
完玉堂诗集 …………………………………………………… 130
竹叶庵文集 …………………………………………………… 132
在亭丛稿 ……………………………………………………… 134
学福斋集 ……………………………………………………… 136
饴山诗集 ……………………………………………………… 137
放鸭亭小稿 …………………………………………………… 139
巢林集 ………………………………………………………… 140
西庄始存稿 …………………………………………………… 142
圭美堂集 ……………………………………………………… 144
蕴愫阁全集 …………………………………………………… 145
香叶草堂诗存 ………………………………………………… 147
雕菰楼集 ……………………………………………………… 148
清爱堂集 ……………………………………………………… 149
春凫小稿 ……………………………………………………… 150
橘巢小稿 ……………………………………………………… 152
严太仆集 ……………………………………………………… 153
贞一斋集 ……………………………………………………… 155
春雨楼诗略 …………………………………………………… 156
看蚕词 ………………………………………………………… 157
谦谷集 ………………………………………………………… 158
听泉遗诗 ……………………………………………………… 159

濡雪堂集 …… 160
从政录 …… 161
瘖砚斋学文 …… 163
看云吟稿 …… 164
砚林诗集 …… 165
周止庵遗稿 …… 168
东潜文稿 …… 170
环山诗钞 …… 172
荛言 …… 174
咏归亭诗钞 …… 175
春桥草堂诗集词集 …… 177
产鹤亭诗 …… 179
静便斋集 …… 180
存素堂文集续集 …… 181
晚闻居士遗集 …… 183
澹成居文钞 …… 184
薛生白所著书 …… 185
强恕斋文钞 …… 189
敦夙好斋诗初编 …… 190
水曹清暇录 …… 191
奕载堂文集 …… 193
范白舫所著书 …… 194
幽华诗略 …… 198
花笑庼杂笔 …… 199

西泠百咏 …… 200
倚杖吟 …… 201
余园诗钞 …… 202
种榆仙馆诗钞 …… 203
牡丹诗 …… 205
集唾编 …… 206
沈西雍所著书 …… 207
道腴堂杂著 …… 212
吉石斋集 …… 214
厚石斋集 …… 215
幼学堂稿 …… 216
瓯香馆集 …… 218
小松石斋文集 …… 220
青茎诗集 …… 221
师竹轩词钞 …… 222

来燕榭读书记　卷七

拙政园诗余 …… 225
阮亭诗余略 …… 233
焦山古鼎图诗 …… 234
劝影堂词 …… 235
凝香集 …… 236
玉玲珑山阁集 …… 237
香草词 …… 238
空翠集 …… 239

徐电发刻三家词 …… 240
幻花庵词钞 …… 244
杕左堂词 …… 246
万石山房词 …… 248
红萼词 …… 249
若庵诗余 …… 250
栩园词弃稿 …… 252
扶荔词 …… 253
陆仲子遗稿 …… 254
情田词 …… 255
弹指词 …… 256
北湖三家词钞 …… 257
万青阁诗余 …… 258
春华阁词 …… 259
瑑春词 …… 260
小山诗余 …… 262
碧箫词 …… 263
玉钩草堂词 …… 265
银藤花馆词 …… 267
蓢云楼词 …… 268
生香馆诗词 …… 269
听奕轩小稿 …… 270
红杏词 …… 272
绿阴槐夏阁词 …… 273

止巢诗词 …… 274
栖香阁词 …… 276
拜石山房词钞 …… 277
巏嵍山人词集 …… 278
周济词 …… 279
柯家山馆词 …… 280
秋莲子词 …… 282
玉壶山房词选 …… 284
玉洤词 …… 286
樵风乐府 …… 288
比竹余音 …… 289
乐静词 …… 290

来燕榭读书记　卷八

花间正续集 …… 293
唐宋诸贤绝妙词选 …… 294
中兴以来绝妙词选 …… 296
词综 …… 298
国朝词综补 …… 299
浙西六家词 …… 301
古今诗余醉 …… 303
三百词谱 …… 304
红萼轩词牌 …… 305
清啸集 …… 306
名家词集 …… 308

十六家词 …… 310
兰皋明词汇选 …… 313
倚声初集 …… 314
百名家词钞 …… 316
瑶华集 …… 322
词汇初二三编 …… 323
词洁 …… 325
今词苑 …… 326
草堂嗣响 …… 328
古今词选 …… 329
荆溪词初集 …… 331
绝妙好词(小幔亭本) …… 332
绝妙好词 …… 334
绝妙好词笺 …… 336
乐府补题 …… 338
清真集 …… 339
金谷遗音 …… 341
白石诗词集 …… 342
白石诗词合集 …… 344
诗源初集 …… 346
放胆诗 …… 347
明月诗筒 …… 348
吴越诗选 …… 350
中唐十二家诗 …… 353

类编唐诗七言绝句 …… 354
风怀镜 …… 355
西厢记 …… 357
新镌西园传奇 …… 359
鱼篮记 …… 360
元曲选图 …… 361
吴骚合编 …… 362
鹊亭乐府 …… 366
饮酒读骚图 …… 367
桂香云影乐府 …… 368
珊影杂识 …… 369
太和正音谱 …… 370
曲律 …… 372
乐府传声 …… 373
皇朝文鉴 …… 374
华及堂宾朋唱和集 …… 377
宋诗纪事 …… 379
唐宋文钞 …… 381
槜李诗系 …… 384
诗林广记 …… 385
诗翼 …… 386
诗人玉屑 …… 387
解颐新语 …… 388
锦树堂诗鉴 …… 389

唐人千首绝句 …………………………………………………… 390
诗伦 ……………………………………………………………… 392
说诗晬语 ………………………………………………………… 393
忆旧游诗话 ……………………………………………………… 394
消夏录 …………………………………………………………… 395
词苑丛谈 ………………………………………………………… 396
续词苑丛谈 ……………………………………………………… 397

来燕榭读书记　卷五

冷鸥堂集

此《冷鸥堂集》不分卷一册，残蠹已甚。估人持来易余三斗米去，更付工重装，计前后所耗，几达石米。其不为人视为书痴者几希。然其书则至罕见，藏书家簿录无及之者，凡此明清易代之际小集，莫非罕传秘册，余每见必收，不欲弃置，年来所得不少。然遗佚正多，故书所存亦更无几，不能不使人增珍惜之念矣。书出四明二酉堂，近日其肆出历年所收残本零卷来沪，俱得高直以去，大抵皆天一阁抱经楼流出者也。辛卯腊八后日，书装成后题记。黄裳。

偶读《北平图书馆善本乙目》，见有《莼阁诗藏》五言古二卷、七言古二卷、五言律八卷、七言律五卷，清赵炎辑，康熙刻本，入总集断代之属。其书罕传。同日夜深漫记。

得此书后二年，又从松江买得莼客癸酉岁日记一册，旧抄本。大题下题六十二叟漳浦赵炎莼客随笔，每卷前有半林卢元昌评点一行，系从原迹录出者无疑。颇可见其生平之一斑。卷中录诗不少，或未入此集，未可知也。甲午四月廿二日，小燕记。

日记中诗作于十年后，此册则五十前作也。

此册有与梅村唱酬之作，皆感激语，知遇之感，溢于楮墨。炎与董苍水、吴六益友善，诸君皆与骏公亲旧也。今日得苍珮室制墨二丸，其一为复堂填词墨，一为荔轩书画墨，皆佳品，可喜也。甲辰二月初十日，黄裳记。

莼客，戊申至辛亥一卷，闽漳浦赵炎二火著，一名潜。康熙刻，九行，十八字。白口，单边。版心上有冷鸥堂集四字，下有莼客二字。前有康熙庚戌同里年家眷弟傅为霖序，次莼客评语，录吴梅村、沈雪峰等评。

南田诗钞

此毗陵六逸之一。后曾见全书于九峰旧庐王氏，初印阔大，未之收。南田诗以此为初刻，别下斋所收少富，然每杂入他人之作，实亦收拾未尽也，然刻已在百年后矣。此册七年前为盗掠，今日还来，展卷题记。庚申四月初六日，黄裳记。

《南田诗钞》五卷，武进恽格寿平撰，芷园先生王嗣衍阅定，山阴孙诜椒圃氏选。康熙刻，十一行，二十一字。上下黑口，左右双边。前有从孙鹤生纂《南田翁家传》。

愚庵小集

庚寅立秋后四日获此《愚庵小集》于海上旧肆。

壬辰腊月，余在武林，偶过清河坊旧肆，见残书方论秤入纸厂，乃少加检阅，见此小集三册，抽之而归，补得王光承一序，可喜也。癸巳新正初三日，黄裳记。

此朱长孺集，余旧日收得于海上。前缺王序，后游湖上，于旧肆收得残卷，得以补完，匆匆未暇装入也。收书十年，不费残册，乃时有佳遇。近来故书垂尽，余亦更不过市，偶检旧藏，恍如梦寐。青灯永夜，何时乃有暇遍读我书乎？戊戌十月半，重跋。

此书附录《传家质言》有论钱蒙叟一则，有“惜其行太通，学太杂，交太滥，应太冗，虞山亦尝向余蹙頞言之”之语，长孺因注杜与牧斋隙末，此评却确，深中其病又云：“又见一越友选时贤诗，嗤薄艳体，另为一编。故借西昆以晓正之，而不知者疑议丛生，余一无所辨，直付之太虚之鸿爪耳。”此亦暗讽虞山之言。诗选即魏耕等选《吴越诗选》，别艳体为一编，首列即牧翁有美长篇也。戊寅七月。

《愚庵小集》十五卷，附一卷。松陵朱鹤龄著。康熙刻，九行，廿一字。白口，左右双边。前有康熙辛亥内侄甫里计东序，瑯琊同学弟王光承玠右氏序，目录。扉叶题“金阊童晋之梓行”。收藏有“望江余氏诵清阁藏书”（朱长）、“经锄堂藏书”（朱方）。

黄梨洲先生集

忆此数册系自纸丛中检得者，价廉甚，仅少高于论秤之直耳。今日此种书已绝无，偶有所见，亦非百金莫措矣。劫火弥天，斯文扫地，我辈尚能得书，此日反不可得，可叹也。丙申腊尾书，黄裳。

《南雷文定》前集十一卷后集四卷，辽阳靳治荆较订。康熙刻，十行，二十字。上下黑口，单边。前有康熙戊辰武密后学靳治荆序，次康熙庚申门人郑梁南雷文案序，次梨洲先生世谱，门人万斯大述。次凡例，目录。版心下阴文前集、后集字样。卷尾有附录朋旧投赠书，凡钱谦益、顾炎武、沈寿民、巢鸣盛、李清、施博、恽日初、陈确、吴任臣、陈之问、李逊之、张玉书、叶方蔼、李本晟、李士祯等十五通。

《南雷文案》十卷，外卷一卷，姚江黄宗羲著，康熙刻。十二行，二十二字。上下黑口，左右双边。前有万斯大撰梨洲先生世谱，康熙庚申门人郑梁序。目录。前有扉叶，题西爽堂梓行，并附详目。

《吾悔集》四卷，大题下题“南雷续文案，男百药较”。康熙刻，同行款。

《撰杖集》，大题下题“南雷文案三刻，学人杨中默编次”。康熙刻，行款同。

《南雷诗历》二卷，大题下双行题“同门董玚无休批点，门人施敬胜吉较刻”。康熙续钞堂刻，行款同。前有自序，又社盟弟艾南英、罗万藻、陈际泰旧序，目录。

葭溪集

徐贾绍樵持九峰旧庐书头本若干见示，已无甚精品，只此清人集部尚有佳刻，遂选取十许种。此《葭溪集》为最后所见，头本已他去。余嘱绍樵索归，为索石米以去，此亦善价矣，聊志端末，以为书痴一证。癸巳腊月初十日，黄裳记。

癸巳腊月十八日，全书始至。卷耑有竹垞手题，更可珍矣。

《葭溪集》二卷附一卷，秀水朱杰伦表撰，康熙刻。八行，十六字，白口，单边。版心下有锺仁山梓四字。前有吴江周曰藻序，为陈古铭手书上板。后有陈梓古铭撰小传，钮世楷赝若撰哀词，次抱砚图题辞并诗，附断雁图记，末为震泽王源跋。此本写刻，出王源手，锋棱峭丽，抚印精绝，实为清初刻本上驷，付刻者李裳吉也。卷耑竹垞八分题书名又“竹垞居士藏”五字。

改亭集

计甫草《改亭集》，余旧藏一康熙原刻本，中有旧人批校，惟无诗集。上海古籍铺新张之日，曾见一诗文全集，价殊昂，翌日即为人买去，甚憾惜也。今日更过古籍店楼上阅书，见此诗文全集，价亦不昂，即携之归。目后有从孙瑸跋，云系乾隆十三年就旧板修补重印者。独惜改亭初刻诸集，未之能遇也。有清一代版刻之学，其艰于索解，尤甚于宋元，不广见旧椠，殆未能知其中隐曲，跋此慨然。丙申腊月十九日，黄裳识。

改亭集中有上太仓吴祭酒书二通，论复社事，其言曰，党祸与社事不相蒙，而大臣亡国之罪尤与应社复社诸公不相及。“且首劾宜兴大罪者，即熊鱼山先生，鱼山即复社盟主也。宜兴平日之不留意社事可知矣。被劾鱼山之后，不得已，以吴来之为鱼山门人，使求补牍中，不胪列其大罪，以摇惑主听，于社事何与哉，于党祸何与哉。”余旧撰《鸳湖曲笺证》，为吴来之事辑，未见此集，不知宜兴来之间尚有此段因缘。集中又有与钱础日书，琐琐论钱朱杜诗笺事，颇祖长孺，皆秀才争闲气耳。戊寅白露前四日检书重跋。

《改亭集》十六卷，《诗集》六卷，吴江计东甫草著，从孙瑸仝侄嘉禾重编。康熙刻，乾隆修版补刊本。十行，十九字。上下黑口，左右双边。前有汪琬原序，康熙癸酉宋荦序，尤侗撰传。目录。目后有从孙瑸刊书识语。诗集前有康熙戊子王廷扬序。大题下一行云“男默编”。扉叶题读书乐园藏板。

张杨园先生全集

春秋书店严阿毛自甬上载来故书一船，倪姓物也。畸零多残本。余选得不少。忆有澹生堂写本宋元人集残册，又明刻残卷无数。此《张杨园集》康熙刻本存九册，终不知共有若干卷，而书扎犹存三册，俱有古香楼汪氏藏印，携归藏之。诸家目均未见著录，知其罕传。

《杨园先生文集》存卷五之七，又卷十四。俱是书，康熙刊。十行，二十四字。下方黑口，左右双边。以下版本并同。春晖堂藏板。

《训门人语》二卷，门人张嘉玲敬述。先生卒于甲寅七月廿八日，在甲申后三十年。

《丧葬杂录》，后学海宁陈世傳校，并序。有目录。后附德清唐灏儒葬亲社约。

《经正录》，前有序目。

《补农书》二卷，后学海宁陈克鉴于人氏较。陈克鉴引。

目录，树德堂藏板。

《初学备忘》二卷，陈克鉴较。武原何汝霖引，乙未春考夫识，目录。陈克鉴书后。

《备忘》存卷二之三。门人吴江姚琏敬较，海宁吴士铨参订。收藏有“古香楼”（朱圆）、“休宁汪季青家藏书籍”（朱方）。

西归日札

丁酉中秋前二日，收于海上之富晋书庄。此清初刻，只三种之一，绝罕传。前曾见之，定价极昂，今日见价少削，遂挟之归，殊可喜。时秋高气爽，独念三弟卧病北京，不禁郁郁，得此小踜破闷。黄裳记。

此为关中刻本。写刻而别有姿媚，诗文杂编，皆丙子西归后所作。李子德作存殁口号，有云“松庄长卷蹈东涛，华下争传晚节高”，松庄傅青主所居，两君皆明遗民。更记。

《西归日札》，华山王弘撰著，潼津李夔龙评。康熙刻，九行，十九字。白口，单边。前有康熙戊寅李夔龙序。

周铁门诗

今日午后，偶过来薰阁，架上零落之至，几无一可观之物。于积尘中抽得此滇中旧刻一册，大喜逾望，亟购之归。此康熙六十一年滇南开板，皮纸抚印，与滇刻它种印本正同，别饶古趣。诗共六集，皆撰于大理一带。余箧中颇有滇诗旧刻，富瞻如此，未之前见。四库未收，而诸家藏目亦未著录，此万里携归中原之本，殆是孤笈也。旧藏开万楼，有汪启淑印记二方。飞鸿堂主人藏书甚富而精，其故居在杭州小粉场。遗书早散。余阅市十年，所收其家书只三数本，是可重之又一事已。灯下漫记。丁酉十一月初四日，黄裳试濠上延绿亭墨书。

《南迁集》一卷、《箐园集》一卷、《敦牂阁集》一卷，《鸡足集》一卷，《铁船集》一卷，《铁船二集》一卷。甄胄周钺铁门撰。康熙刻，十一行，二十一字。白口，左右双边。版心下有云谷山堂四字。收藏有“云间世家”（朱方）、“新安汪氏”（朱方）、“启淑印信”（白方）。前有康熙六十一年岁次壬寅秋九月宗圣裔榆宾受业曾宗传序。

畏垒山人诗

徐大临诗共二种。其《畏垒山人诗集》四卷，四库入存目。更有《乙未亭诗集》四卷，四库未收。余则并笔记四卷，所选《小南村集》同收之，共四种，快慰之至。然索直百金，无力收之，然不忍弃也。先携之归，半月后始斥去明刻三种以易之。人或笑我以舍熊掌而取鱼。噫，此意其谁能知之。近理藏书，所收清人集之康熙刻本已二百余种，其得也，皆节衣缩食以致之，如猩猩血，缕缕而出。每一展卷，似皆能自叙其入藏之种种，如对故友，如逢旧欢。此藏书之欢喜辛苦，非片言可尽也。寒夜灯前，辄为记此，以识一时心情。丁酉二月初一日，来燕榭中，室暖灯昏，漫书。

丙申秋日，书市最盛，书价亦至昂。余喜收清人别集，似此等小册，每本价至三十金，实为无上高价。未几而批判厚古薄今之风起，书价亦落，书亦不更可见矣。此徐大临集四册，名物也。以百金收之，约当三年前澹生堂抄一叠之直，亦可纪也。辛丑雨水重跋。

《畏垒山人诗集》四卷，长洲徐昂发大临撰。康熙刻。十一行，二十一字。白口，左右双边。前有目。

汪碧巢诗词稿

余家所藏古香楼汪氏书甚富，后并得其藏书底目及赠言丛刻，汪文柏古香楼稿亦收一帙，后附词集。汪氏子孙如珊立等集亦俱有之。惟未见此《碧巢集》，以为憾事。会徐贾绍樵挟九峰旧庐书入市，余往观之，于书丛中检得此册又碧巢词二种诗稿六种，不禁狂喜。休宁汪氏家集乃得灿然大备，诚最快事也。得书翌日为大寒节而晴暖如春，重为跋此。甲午腊月廿八日，黄裳书于来燕榭。

当湖朱氏，余妇家也。今日往游，小住数日。于茮声馆楼上得《茮堂先生词》一卷，有玉楼春一阕，中有句云："雕虫馆里颂清芬，裘杼清吟应见妒。"下注云："裘杼楼江村草堂皆余外家，搜藏最富，今多散佚矣。"因知休宁汪氏与当湖朱家旧为姻娅。余得碧巢晋贤遗著最富，其所藏书所收亦数十本。墨沈因缘，洵非偶然，因更题记。乙未二月初二日来燕榭中晴窗曝日书。

此《月河》《桐扣》二集，原刻罕传。清初词总集中间有数阕，皆非其全。余年来努力收清初人诗余，似此罕秘，亦未数数见也。来燕榭中漫阅一过，更记数语，时乙未中元后五日，黄裳。

余数辑《余澹心遗诗》，今见汪氏《裘杼楼诗稿》卷五，有“壬戌秋余澹心访余武原，时缆舟苕霅，未能订桐溪之游，读雨夜见寄六绝句，怦怦心目。因如韵缄报，殊有负于白沙翠竹间也”一题。壬戌为康熙二十一年，澹心游浙，曾与涉园主人数相倡和，可知澹心暮年行迹。汪集中附澹心原倡，因为录之。

“海内称诗汪晋贤，玉琴三尺响寒泉。吴门忽遇周笃谷，说道相思已十年。”

“华萼相辉共一楼，六州喷饭换歌头。裙中司马今难见，剩有风流二百秋。”

“竹垞先生爱好词，一吟华犯一回痴。封书寄与须珍重，樽酒相逢且论诗。”

“大海回风激暮潮，美人祠庙草萧萧。我来君去刚重九，身带红云度石桥。”

“溟渤风翻觉夜寒，蛟螭无数此中盘。钓鳌不畏风波险，逆上龙门把钓竿。”

“为访樊川杜牧之，君家兄弟总能诗。傍檐萝薜知留客，出水芙蕖好画眉。”

《梅雪堂诗稿》二卷，休阳汪森撰。康熙刻，九行，十九字。上下黑口，单边。前有“康熙癸未同学弟盛远拜题于瓣香阁时年七十又四”序。此书有二本。

《月河词》一卷，休阳汪森撰。康熙刻。行款同前。前有康熙二十年秀水朱彝尊序，略云：“休宁汪晋贤居桐乡县治东偏，筑裘杼之楼，积书万卷其上，延致吾友周青士沈山子，相与讲习诗古文辞。而哲昆周士治别业于鸥波亭北，令弟季青侨居雉城，往来酬和。于是名流秀望，企其风尚，挐舟至者，履满户外，余尝数过焉。”于汪氏兄弟，所叙甚详。可为裘杼、古香二家藏书，增一注脚。有目录。

《桐扣词》二卷，碧巢汪森撰。康熙刻。行款同。前有丰南吴绮序，自序。目录。

《浮溪馆吟稿》三卷，休阳汪森撰。康熙刻，行款同。乙丑至丁卯作。前有贺国璘序，钱德震、黄宗炎、沈进书诗前三首。

《裘杼楼诗稿》六卷，休阳汪森撰。康熙刻，行款同。前有同郡同学弟程世英序。

《豫行吟稿》，休阳汪森撰。康熙刻，行款同。

《粤行吟稿》，休阳汪森撰。康熙刻，行款同，嘉兴同学弟沈进山子序。

《粤行外稿》，休阳汪森撰。康熙刻，行款同。前有自叙。集为高凉杂兴五十首，诗后各有注。不殊高州一郡风土志也。

《粤归杂咏》，休阳汪森撰。康熙刻，行款同。卷尾有一止字。是汇刻止于此也。

收藏有“槜李简德堂金珍藏书画图章”（朱长）、“古娄唐模梧荪校勘书籍章”（朱方）、“九峰旧庐珍藏书画之记”（朱长）。

东江集钞

此仁和沈去矜东江集钞，传世绝罕。向只有别集重印行世。此原刻曾未一见。今日过市，见于书肆架上，并严绳荪《秋水集》并得之。书缘绝美，喜不自胜，归来题记。已亥三月十一日，好春时节，来燕榭中盆兰盛放，香溢屏几，研旧墨命笔书此。

《东江集钞》九卷，顺治刻。十行，二十字。白口，左右双边。大题下属“仁和沈谦去矜著，门人潘云赤夏珠、潘圣昭弘宣较”。前有华亭友弟蒋平阶大鸿父序，顺治乙未同学弟钱塘毛先舒稚黄序，顺治壬辰盐官友人祝文襄序，次目录。卷尾附录一卷，有应㧑谦东江沈公传，毛先舒《沈去矜墓志铭》，于懋荣撰《象赞》，孤子沈圣昭撰《行状》，洪昇填讳。去矜卒于康熙庚戌，附录一卷当是后刻。卷前有同治戊辰归安沈景成跋，又不栉书生沈严永华同读一行。有“香案西偏旧史臣”白文大方印。

槲叶集

《太白山人集》刊于关中，纸用棉料。三十年前得于海上。序次颠倒，亦无序跋，究不知刻于何时。掠去十年，仅乃得还。癸亥冬至，漫志。

《太白山人槲叶集》四卷，太白山人李柏雪木著，清初刻。十行，二十字。白口，左右双边。

木厓集

此潘氏《木厓集》，原装六册，蛀孔甚多，仍破重直收之，以传本至稀也。诸家著录仅有二十一卷本，未为全书。此册以诗余终，且为作者手订之册，可珍重也。丁酉二月廿三日记。黄裳。

此本入禁书目。安抚部院闵咨会禁书十六种中有此书。案语云，荒诞悖逆，语多狂吠，可见切齿于此书者深矣。茂伦序称蜀藻游屐所至，政治得失，风俗淳浇，民瘼国恤，皆发为诗歌。是致禁毁之由，亦可重之处。清初史事，时可于诗中得其梗概。故国情深，纪事诗若干首，皆记弘光朝事；大行皇帝挽诗，惓怀思陵。逃人、兵来行、响马叹皆直记时事，无所顾忌，其入禁网，必因于此。友李研斋、方以智、张绣虎、何省斋，皆有投赠哀挽之作。诗以古体为胜，盖意欲师杜陵诗史，颇得肖似。世人不重别集，盖不知其有助考史也。此集外尚有《续集》二十四卷、末四卷，亦康熙中刻本，惜不可见。尚望能旦暮遇之。戊戌十一月。

此为名集。记明清易代史事不少。蜀藻踪迹不出淮上金陵一隅，所与往还亦多皖人。然喜记时事，感慨之言，遂多秘录，可补官书野史之遗，是可重也。乙巳冬至前日，雨窗书。

《木厓集》二十七卷，桐城潘江蜀藻著，康熙刻。十行，二十二字。白口，左右双边。前有吴江顾有孝序，丙辰冬日旧山隐者吴道新序，田间同学弟钱澄之序，竹溪同学李雅芥须序，康熙十五年丙辰同学弟许来惠序，康熙丙辰年家眷同学弟张英序，同学姻弟陈焯序。次目录，后有受业门人郭璐等十八人编次衔名，戴名世田有其一也。

炳烛斋稿

甲午岁尽前一日，海上收。来燕榭记。

九峰旧庐藏书，十年来陆续散出。以徐贾绍樵所得最夥，余买得不少。其家藏书底目三册，亦由绍樵见赠。然多清刻，其最佳书往往为朱遂翔乾没，余展转得之温知。后温知估人与绍樵争购，亦得数百种，余选得十许种，此为白眉。辛丑新正初二日，重展此册，更跋。王氏书多雪库装，似此者少矣。

此卷中有朱笔校改，不知出谁何手，似从原稿改正者。余旧藏明刻艾南英天佣子集，与此刊刻正同，亦长卷头。此虽刊于康熙中，开板风气，仍晚明旧式也。黄裳更记。

《炳烛斋稿》，海虞顾大韶仲恭父著。清初刻。九行，二十字。白口，单边。前有康熙十年辛亥门人钱陆灿序，次目录，先刻二十三篇，续刻六十五篇。有男晶公臣父、淼禹臣父校刻两行。

山闻诗

丁酉芒种日收此汪白岳《山闻诗》一卷，康熙旧刻本。当尚有《续集》一卷，今不存矣。黄裳记。封面有声甫手书一行，不知谁何。与余前收滂喜斋藏述古旧藏《翠微南征录》前所题颇似，或是许信臣中丞笔也。

《山闻诗》，大题下跨边有悔斋二集四字。白岳汪楫著。康熙刻。十行，十九字。上下黑口，四周单边。前有渭北同学弟孙枝蔚序，宛陵弟施闰章序。封面题“山闻诗，声甫读罢题眉”。

九谷集

乙未闰三月初四日，此收本于海上。同得尚有鲍以文校补傅节子更校之《斜川集》，至得意也。来燕榭记。

殿元康熙三年进士，官剡城江宁知县，居忧，阻兵不得归，侨寓姑熟。家有广歌堂，以延名士，酬唱极盛。其诗纯以神行，境界甚高，为岭南七子之一。旧边八首，颇练习当代掌故，其他文告亦多存清初政治史实。其升平二十书及环书则欲以经术缘饰吏治，亦可觇封建士大夫政治见解。其集罕传，非弃物也。丙午雨水前一日更跋。

《九谷集》六卷，番禺方殿元蒙章甫著。康熙刻，九行，十九字。白口，左右双边。前有自序，目录。收藏有“饮谷收藏”（朱长）、“九峰旧庐珍藏书画之记”（朱长）。

墨井诗钞

新会陈援庵究心吴墨井生平行事，为撰年谱及他论文如干篇，曾得此墨井诗钞及他重刊本，撰为版本源流考，以此本为祖本。罕遇难求，余于无意中获一册，以为大幸。墨井绘本亦不多见，曾观所制《湖天春色图》，弱柳夭桃，山溪渔艇，江南春色，攫之纸上，读之意远。读其诗，不无家国身世之感。余澹心为撰诗序，以写忧名之，能知墨井心事者也。癸巳三月十一日，海上收得漫记。黄裳。

《墨井诗钞》二卷，别卷、外卷附。虞山吴历渔山著。嘉定戴笵云机又校，受业陆道淮上游编。康熙刻，八行，十九字。白口，左右双边。版心下有飞霞阁三字。前有晋陵弟客园陈玉璂墨井草堂诗序，钱陆灿送渔山归城南序，蔚村陈瑚从游集序，宋实颖三巴集序，庚子嘉平蒙叟钱谦益桃溪诗稿序，毘陵友弟半园唐宇昭桃溪集序，壶山外史余怀写忧集序。次张云章撰墨井道人传，次总目。卷尾有己亥嘉定张鹏翀跋，己亥受业陆道淮跋。收藏有“上虞二兰山房徐氏珍藏之印”朱文方印。

栴檀阁风人稿

甫里叶氏遗书入市，余收得十许种，抄笈居多，半是明清易代时人稿本。此册系长洲马万士延诗稿。余旧藏康熙刻《明月诗筒》，系秬园侯氏倡和集，中有士延五律十二首，后有侯汸评云：“君诗芳华隽永，品格在季迪孟载间。亦尝为小词曲，则梁伯龙之嫡传也。乃其平生精力所荟萃在历代纪年统论一书，三十万言，条贯严核，卓然可以不朽。侨寓吾邑垂三十年，人多延致，而君性孤介，所向寡谐，独语予如兄意趣堪耐久耳。又懒甚。予尝送笺百幅乞写诗，十年不报。顷始持一卷并此和章来，遍览之下，俯仰兴怀。今君耳渐聋，予眼亦暗，忍饥且欲死，耐久朋复何为耶。于刻是诗，以志吾愧。”秬园倡和诸子，如宋荔裳、余澹心、叶九来、吴山子、孙恺次诸君，皆一时名宿，此稿中亦存与秬园、竹隐诸君倡和之作，一时交旧，皆可于稿中见之，是最妙事也。今日群书装讫，因记作者故事于卷耑焉。乙未四月十八日，来燕榭灯下记。

余旧藏乾隆中木活字本《甫里逸诗》，中亦有士延诗一卷。言逸稿散佚不存，抢摘仅得如许云，是此稿盖天壤仅存之册，何幸而为余所见，拔之出于败簏之中乎。近日集部贱如泥沙，人皆弃而不取，余无力多收，藏书亦无地，每见旧本入还魂纸炉，辄为心痛。亦无如之何也，丙申正月向尾，天阴晦，作记于来燕榭中。

《栴檀阁风人稿》，子丑之际杂稿一卷，长洲马万士延著，手稿本。分体，前颇恭整，后乃作行草。有圈掷。皆亲笔。

南山集偶钞

戴氏集入禁网，旧刻唯有此耳。文采编年，起戊午，迄庚申，门人尤云鹗所刻。传世甚稀，阅肆十年，此为初见，亟挟之归。下册卷首题名已为后人涂改，是乾隆后戴氏文字厉禁以后事也。何幸历劫仅存，终出废簏，禁本可珍，盖在是也。丁酉七月初九日，蝉声哀响，天气新凉，坐来燕榭中书。黄裳记。

书入禁网，更遇盗掠。禁锢五载，仅乃获免。重阅一过，漫记数语。时己未六月廿一日，来燕榭灯下记。

此《戴名世集》，四十年前偶得之来薰阁。原装敝旧，估人不之重也。北图有一本，中多钞配，不如此本完善。法国友人戴廷杰精研南山集狱事，广搜异本，并辑逸文。出此本示之，影印一本而去。戊寅冬至前三日，黄裳记。

《南山集偶钞》，桐城戴名世田有，受业尤云鹗编次。康熙刻，十行，二十一字。白口，左右双边。不分卷，版心单鱼尾下书纪年、篇名。每篇叶数各为起讫。前有同学方苞序，宿松朱书序，辛巳人日受业尤云鹗跋，目录。

陆密庵文集

壬辰立夏前六日海上收。小燕吴痴。

此康熙中思过堂刊《陆密庵文集》，去岁徐贾绍樵于建德周氏许秤出之书也。久置架上，无人顾问。余见《北平图书馆善本乙目》有此，知其罕传，遂买之归。此本后尚有诗余四卷，为平馆目所无，更可珍矣。漫识。壬辰四月初八日，小燕。

《陆密庵文集》十四卷《录余》二卷《诗集》十二卷，山阳陆求可咸一甫著，闽中门人王霖较梓。康熙刻，九行，二十字。白口，左右双边。前有张永祺序，康熙二十年宋德宜序，康熙辛酉刘谦吉序，康熙庚申徐转迅序。次目录。

琴楼合稿偶钞

此卷前有会稽商景兰撰序，颇道祁氏家事。景兰为忠敏公彪佳室，有《锦囊集》一卷。傅节子拟刊山阴祁氏家集，刊目中有此。又彪佳《忠惠公集》十卷，彪佳女德琼《未焚集》一卷，彪佳子班孙紫芝《轩遗稿》一卷，余皆未见。今年收得祁家遗藏多帙，于祁氏家乘所知不少。惟乙酉后家难种种所知无多，今于此序知景兰七十二岁犹存，二女及子妇皆能诗词，次子遭难亡身，虽未详，得知此数事亦足快意矣。因更识之。壬辰七月杪雨窗，小燕。

此《琴楼合稿》一卷，尚是乾隆中旧钞本，有卢青厓藏印，后经南陵徐氏收藏。徐氏所收闺秀集甚富，余曾得数十种，此册流出较早，今更由沈某售出，余与陈玉几诗三种同得，至可喜也。携书归来，煮茗漫读记此。时壬辰立夏后一日，天阴未雨而阶前都润。小燕。

《琴楼合稿偶钞》，钱唐胡文漪字文漪著。旧抄白本。九行，二十字。康熙丙辰方象瑛序，康熙己酉黄顾若璞序，山阴商景兰序，钱塘县志传，毛际可撰张昊传，目录。收藏有“四明卢氏抱经楼藏书印”（白方），又徐乃昌印。

渔洋小集

甲午九月初七日午后，漫步书摊，得此《阮亭集》凡九种，皆顺康间单刻本，时先生尚年少也。余旧藏数种轶出此外者有《秦淮杂咏》《载书图诗》等二种，此种单行本不知共有若干也。黄裳记。

《崇效寺倡和诗》一卷，康熙刻，十行，十九字。上下黑口，左右双边。倡和者王士禛、蒋景祁、宋至等凡十人。

《蜀冈禅智寺倡和诗》，济南王士禛编。康熙刻。九行，二十字。白口，单边。前有长安王岩序。首刊东坡先生石刻诗并附杨铁崖、盛仪（嘉靖辛丑）、陈文烛（万历己卯）旧题。倡和者王士禛、释元志、王士禄、宗元鼎、王揆、孙枝蔚、杜濬、程邃、冒襄、陈维崧、吴嘉纪、汪楫、邹祗谟、宋元鼎、许承宣、许承家，凡十六人。

《阮亭甲辰诗》（《冶春绝句》）一卷，新城王士禛贻上著，福清林古度茂之阅。康熙刻，十一行，二十三字。白口，单边。乳山八十五老人林古度序。后有毘陵陈玉璂赓明跋。版心上有阮亭诗三字。跋者杜濬、孙枝蔚、张纲孙、刘体仁、陈维崧、余怀、纪映钟、丁澎、彭孙遹。

《入吴集》一卷，新城王士禛贻上著，梁溪顾宸修远阅，兄王士禧礼吉选。康熙刻，八行，二十一字。白口，左右双边。前有乳山林古度那子序，梁溪顾宸修远序，自序。

柳堂诗词稿

来青阁老估人杨寿祺时来往苏沪道上，昨日偶过之，方来自姑熟，携来旧书一叠，此两册佳甚，康熙季年所刻，刊于羊城，纸用桃花，传本罕绝。词稿乃有一册，其富瞻殆不下于舜民也。荆溪董氏，词人辈出。只蓉仙之作，未见著录，当什袭藏之。丁酉八月初八，金风送爽之日，黄裳记。

《柳堂诗稿》五卷，阳羡董儒龙蓉仙氏撰，第九男时若校。康熙刻。十行，二十一字。上下黑口，单边。前有康熙甲申同里同学教弟徐瑶序，康熙甲申周肃度序，康熙五十一年壬辰自序。自序云："工成，报予曰，计为字约七万。锯板抄写锈刻饭食之类，计为费二十金。纸张刷印装钉之类则每集加费六分。"可见羊城当日刊书之廉。

《柳堂词稿》，行款同前。甲申离墨词人徐瑶序，康熙己卯仁和弟陈伊序，目录。

七闽游草

姬田喜游，所撰《槐江诗钞》四卷，约自康熙三十五年甲戌至五十八年己亥，皆纪游之作也。少受知于杜茶村，汪由敦为撰墓志。此本尚是闽游后单刻诗卷，人间未必更有数本矣。乙巳腊尾重展跋。

《七闽游草》，休宁程瑞祊姬田撰。康熙刻，十行，十八字，白口，单边。版心下有一峰阁三字。前有年家眷世同学弟黄云仙裳序。撰序时年已八十。

北山诗钞

丁酉三月廿四日，收于海上。上册尾失数番，卷六及卷五后半俱不存。原目尚在，可知诗题。书绝罕传，未见著录，不可以残失不完而忽之。黄裳识。

卷首有魏坤一序甚佳。知日驭为中山武宁之后，所记淮上诗人行迹，亦可重。留村金人望集，余亦有之，是康熙刻，见此快然。卷十一有“黄园陪李银台公凯先生话吴梅村故事”四绝，其四云：“讲幄晨趋近至尊，犀庭日表梦犹存。山中曾记山僧语，赢得袈裟满泪痕。”旧人朱笔批云，中多微词，亦清初人清议也。去秋游淮安，留三日，归而检淮上人集，却未及此，惜哉。癸亥正月初六日，黄裳。

《北山诗钞》十二卷，濠梁徐麟吉日驭著，山阳张鸿烈毅文、吴江潘耒次耕选，浙西魏坤禹平、钱塘沈用济方舟订。康熙刻，十行，二十字。上下黑口，左右双边。浙西魏坤序，辛卯沈用济序，庚寅淮南逸史张鸿烈序，潘耒序，山阳许志进序。次论诗十一则，杜茶村、王阮亭、董默庵、阎百诗、宋坚斋、张岸斋、魏水村、张瑶湘、殳木斋、蔡九霞作。次目录。

周栎园集

余前收得康熙刻《赖古堂文集》，极初印。久思得一诗集以俪之，匆匆未有也。此本印极佳，仍买于徐贾绍樵许，文集亦渠所售，因储此以归余也。此估颇解人意，人亦爽直，只市井气少浓耳。癸巳十月廿六日灯下记。小燕。

《赖古堂集》前在浚撰《凡例》云，先司农束发即好为诗，自诸生以至历仕，所得诗章，皆勒之梨枣。有友声、郄咢、闽雪、北雪等十余刻。庚子春患难中自为删定，授不孝浚刻之江宁。今世所传删定赖古堂诗是也。殆即此本。庚子是顺治十七年。庚戌好春三月更记，黄裳。

《赖古堂诗集》四卷，浚水周亮工栎园稿，黄山吴宗信冠五阅。顺治刻。八行，十九字。白口，左右双边。前有方拱乾楁巵序、陈丹衷郄咢序，汪修武重刻赖古堂删定诗集序。次目录。收藏有“武蝶生藏书印”（朱文长印）。

赖古堂集

此《周栎园集》初印本，得于海上。卷首有爱青山堂藏一印，不知谁何。余前见顾千里手校列子，卷耑亦有此印，殆亦近时藏书家也。癸巳四月十四日，黄裳。

《赖古堂集》二十四卷，《附录》一卷。浚水周亮工栎园著。康熙刻。十一行，十九字。上下黑口，单边。前有丁巳嘉平宁都魏禧序，虞山钱陆灿序，年家老友虞山蒙叟钱谦益序，西河毛甡序。次康熙十四年不孝周在浚凡例，次目录。目后三行云：“秣陵于君杰、蒋维章仝书，金陵范翰伯精刻。”附录收王愈扩撰小传，年谱，钱陆灿撰墓志铭，姜宸英撰墓碣铭。收藏有“爱青山堂藏”朱文长印。

憺园集

此《徐健庵集》原刻初印残本，徐紫珊朱笔旧校，得之沪市。曾为徐紫珊所藏一印，已割去。岂黄某窃自春晖堂者耶。丙申岁晚，黄裳。

乾学此集开版甚精，与《通志堂经解》诸种风气正同，传世极罕。光绪中昆山知县金吴澜重刻此集，记云，集初刻成，乾学即没。丧中以数十部赠人，或有言其非者，秘不肯出。可知罕遇之故矣。金刻所据为改本，措辞用事皆有误，他无所讳。然当日徐氏危疑之状又可知也。此残册为徐紫珊故物，徐氏以朱笔据先世旧改本临校，不知即吴澜所据者否。丙午惊蛰前二日重展记。

《憺园文集》三十六卷，徐乾学著。康熙刻，十行，十九字。白口，左右双边。版心上记字数，下有刻工姓名。前有康熙丁丑宋荦序。徐渭仁朱笔题："朱笔从云耕所藏先世旧改本临，渭仁记。"有黄元炳跋，并抄补。

苍岘山人集

乙未八月廿六日，冷摊收此。黄裳记。

戊戌十一月廿四日，雨窗漫阅一过。无甚关涉史事之处。松龄清初词流，谨慎不敢言事，诗卷遂无可观。箧中尚有文集，王端履旧藏。刻已在百年后矣。漫记。

《苍岘山人集》五卷，《诗余微云集》一卷，勾吴秦松龄著，泾阳刘涵编，康熙刻。九行，十九字。上下黑口，左右双边。分题《碧山集》《寄阮集》《然竹集》《得树轩集》《碧山后集》《微云集》。收藏有“衡阳常氏潭印阁藏书之图记”朱文大方印。

揖山集

乙未正月廿日归来燕榭。

卷中诗之有纪年者，终于康熙壬申，在卷八中。九十两卷不知作于何时，当在己卯之前，此集墨板当亦在康熙三十八年己卯顷。卷前扉叶有随庵印记，是作者手订之册也。撰卒于康熙四十八年，年八十七。此后所作不知曾编集否？撰交游遍宇内，一时名宿，姓氏多在卷中。交牧斋遵王，曾共游宴，与泰兴季氏交挚，有“读季天中给谏出关诗，赋呈难弟南宫”诗，题注云：“给谏出关，有七言近体诗四十六首。殁后季弟南宫孝廉收其遗稿，装成一册。沧苇侍御题其后，累累数百言，继以纪梦诗四十韵。辛酉夏五月，余客延令，南宫相招雅集，酒半出诗册索题，为赋一篇。”少后又有城乌行诗，为“过季沧苇侍御故居有感”而作也。沧苇家世贵盛，“少小尝闻说乃翁，赀雄石氏位山公。东掖西台相继起，一门峻要将谁同。京洛交游势熏灼，歌钟鼎食凭挥霍。林园欲效午桥庄，珍好都收清閟阁”。未几而沧苇死，“墓木犹新骨已朽，罗雀门庭客散久。图史还归好事家，尊彝又落他人手”矣。此延令季氏兴衰之大略也。卷八有“赠如皋冒巢民八十寿”诗，不异巢民一生小传，其晚年遭际，诗中亦少及之，惜不能详也。春夜颇寒，拥炉漫读一过并记。

撰时敏第三子，殁年八十七。先有《三余集》，见娄东十子诗中。此《揖山集》流转甚稀，邓文如未之见，撰《清诗纪事》，只于选本中录诗一首耳。撰弟摅有《芦中集》，刊刻与此正同，殆同时墨板者，风格绝类纳兰《通志堂集》。丙午新正初二日，来燕榭漫记。

此为陶兰泉故物。涉园书散时，余尚未收旧本，以是所得甚少。似此种绝罕之清初集部，未可多得。或纸非桃花，遂不为主人所重也。癸亥春分前日。

《揖山集》十卷，太仓王撰异公著。康熙刻。十行，十九字。白口，左右双边。前有康熙己卯年家眷弟黄与坚序，戊寅九秋同里年家侄制唐孙华序，癸酉嘉平上澣弟摅序，次目录。卷尾有“旌邑张湛卿刻”一行。扉叶题同人选定，三余堂藏板字样，又朱白文大方印二方，曰“随庵”，曰“诸缘忘尽未忘诗”。收藏有“捧长恩室”（朱方）、“九丹一字淹颂”（白方）、“朱柽之印”（朱方）、“阳湖陶氏涉园所有书籍之记”（朱长）、“杭州王氏九峰旧庐藏书之章”（朱方）。

三仕草

五日前余得朱一是《为可堂诗》于传薪，前有王言远序。后又于肆中见此三仕草，亦言远作，快甚。旧本因缘，类如是也。诸家书目，皆未见有此。言远随清师过岭，时在顺治七年，居羊城七年，后移昭潭、巴水，更迁蜀。十年中官经四更，仕历三地，遂题其集曰三仕云。诗中于清初西南兵后诸状，写之甚详，于蜀郡乱后荒废种种，言尤痛切。卷中酬唱，无一江南名士，只与杨犹龙投赠甚多，盖同官一地，遂频往来也。此本为祝小雅藏书，小雅平湖人，祝渊之后，曾为刊遗集者。乙未小除夕，黄裳小燕记。

《三仕草》，槜李王庭言远著，男沆校字。清初刻。八行，二十字。白口，单边。前有自序。收藏有“知非楼所藏书”（白方）、“曾为祝小雅阅”（白方）。

南斋诗集

壬辰二月三日，午刻过市，于旧摊上获此康熙精刻本《南斋诗集》，并试陈巨来新治印。裳。

此本买得已四年，未曾重装。旧用奖衬，分订四册，今仍厚订一本。曙戒生于晚明，入仕新朝，所与交游皆清初胜流，遗民之思遂不复存，是有异于遗民诸集者。极罕流传，亦清初集部善本，当珍藏之。丙申芒种前日，黄裳。

《南斋诗集》，山阳丘象升曙戒著。康熙刻。九行，十九字。白口，左右双边。前有康熙丙子宋荦序，康熙三十四年冯景序，康熙乙亥刘沁区序，康熙丙寅陈台孙序。又姚诜、谢启秀、胡从中、释今释、胡介、靳应昇、吴元宗、张新标、陆嘉淑等旧序，目录。卷尾有王士禛撰大理左寺副丘公墓志铭，李澄中丘南斋先生传，冯景丘大理公传，弟象随先兄曙戒公行状。集末有“康熙丙子仲春男迥谨于桐园较录”一行。

兖东集小红词集

《朱恭亭集》三种之康熙刻本，余去岁收于吴下，未知尚有此种，今夜偶过书坊，见冯梦华遗书数叠，检得此册，快甚。康熙刻诗余，又增一目矣。虽少后印无妨也。丙申二月初二日记，黄裳。

《恭亭燕堂诗钞》，余有之。康熙中淮扬多水灾，督河者靳辅与士绅龃龉，郎中孙宗彝下狱死。侍读乔莱奉命来京居住，三十二年以忧卒。经父克简，顺治四年进士，曾以御史巡按福建，久在废籍，亦同时卒于乡。莱，经妻父也。其间必有危及门户之事。经悼亡诗云：汝亡二日泰山颓，北望长安一放哀。地下若逢应茹叹，哑然相对不须猜。只一猜字，寓意无穷。是为邓之诚《清诗纪事》所记，因为写入卷尾。距初得此已十年矣。乙巳腊月十六日，黄裳记。

《兖东游记》一卷《游诗》一卷，宝应朱经恭亭撰。康熙刻。十行，十九字。上下黑口，左右双边，前有康熙乙酉宫鸿历序。

《小红词集》一卷，宝应朱经恭亭撰。康熙刻，行款同前，康熙辛巳黄云仙裳序。目录。

《友梅集》，宝应朱经恭亭撰。康熙刻。十行，十九字。上下黑口，左右双边。前有李善树序，姚谭昉序，乙酉泰州沈默序，康熙乙酉自序，目录。

药园诗

钱唐吴焯瓶花斋，藏书甚富，喜作题跋，小行楷精妙，不可多得。余藏汲古阁钞《武林旧事》，尺凫手校，朱笔补缺文数百字，以小纸粘于册中，婉美无俦。又得其所藏《琴史》明抄本，亦有数跋。《尺凫集》罕见，近时其裔孙曾抚刻行世，不知曾覆刻此《药园诗》否。此康熙原刻，雕椠甚精，旧为愚斋盛氏藏书，惜经霉损，然阅市三十年曾未再遇，亦珍物矣。戊寅七月廿五日，重检记。

《药园古体诗》一卷，《今体诗》一卷，钱唐吴焯尺凫撰。

康熙刻。十行，二十一字。上下黑口，左右双边。前有序，题“康熙庚寅首冬月西河毛奇龄题于书留草堂时年八十有八”。收藏有“愚斋图书馆藏”朱文大方印。

玲珑帘词

尺凫藏书家，校跋为世所重。瓶花斋中故物，余箧中亦有数本，又收得其《药园诗》，欲得词集俪之而不可得。近于南陵徐氏藏词中见此，欣喜逾望。卷首有吴玉涵藏印甚多，俱旧而精，不知谁何，当是西泠吴家子弟也。乙未九秋，黄裳小燕来燕榭中记事。

《玲珑帘词》，钱唐吴焯尺凫著，雍正刻。十行，十九字。上下黑口，左右双边。前有雍正七年厉鹗书于无尽意斋序，次目录。收藏有“草庐吴氏”（朱方）、“子鱼经眼”（朱方）、“真趣”（朱长）、“玉涵秘箧”（朱长）、“吴”（朱圆）、“子鱼真赏”（朱方）、“真趣园主”（白方）、“草庐后人”（白方）、“玉涵宝藏”（朱长）等。

晤书堂诗稿

拉斐德路新设旧肆名诵清阁，主人望江余氏也。杂陈故书而绝少佳本。徐乃昌子亦取其父遗书杂厕其中。余时时过之却总未及购。今日又过其处，出示红豆斋抄本《周易本义辨正》六卷，又此四册，遂论价携归。朱鹤龄集少见，而附钉之《晤书堂诗稿》则至罕见，诸家皆未著录，不知以何因缘乃与朱集合订一处也。携书归来，爰记卷尾。时秋暑犹厉，浴后临窗展卷，好风时至，溽暑为之一涤，甚快事也。庚寅六月廿八日，黄裳记。

今日闻石麒告，朱集罕见，有铅印本行世。此册陈乃乾欲攘去，乃为余所得，亦因缘也。翌日更书。

江郑堂《舟车闻见续录》张同敞条云："同时吴下沈君有闻瞿稼轩死节诗，其警句云'绵竹战余犹有血，崖山覆后更无船'，结句云'他日师生逢地下，可能相对各欣然'。沈君忘其名，白堤钱丈景开有沈君全集，谓余曰，归愚尚书之父也。"此诗即在集中，微有异字。又钦舆为德潜祖父，郑记亦误，盖偶失记耳。钱景开为书估之有名者，谓有全集，殆即指此，非更有诗文全稿也。己亥三月十六日，好春时，漫志，燕。

钦舆颇有憾于牧斋晚节，于挽瞿稼轩诗中微见其意，更有《闻钱蒙叟尚书辞世》诗，言更直切，其词云：

> 真共麻姑阅海桑，俄看文曜掩寒芒。石城众只哀袁粲，南部名曾重范滂。已陨柳枝空有室（时河东君随死，所居名我闻室），未荒红豆尚留庄。史才天与因多寿，转使辞人咎彼苍。

盖惜其不早死也。钦舆遗民，故国之思时时见于笔下，其“感事”云：

> 出山忽见易冠缨，马首纷纷颂太平。却哂夷齐太多事，漫将饥死换虚名。

则痛骂降清之诸汉奸也。德潜选《清诗别裁》，以钦舆诗入之，而不敢选大有关系之作，且删易字句，今有此原集，可发其覆。德潜选诗，最喜点窜词句，视前辈诗人如门弟子，最是可恨。视祖父犹然，况其他乎。钦舆尚有长诗纪宏光朝事，最为可贵，不愧诗史。前有诗序：

> 童奴石义，托身阮怀宁府中，颇用事。招家五弟衷赤往，谓微官可得。既至，弟识乱征，时游倡楼，示荒嬉不可用，乃放归。乍归而留都不复守矣。喜其能识时

自汙以免，因赠以诗。

都督满街走，职方贱如狗。（时童谣）此时乾坤入醉乡，君臣嬉戏同披猖。剪伐连枝折故剑，一网尽欲罹鸾凰。仆隶招邀吾弟去，人头畜鸣日相遇。寸心陡触大厦倾，厝火积薪难久驻。自荒于色耽倡楼，是乡足乐真温柔。香浓魄醉不知返，一笑似欲三年留。怀宁谓是妄男子，收拾行装子休矣。归来三月陪京亡，子婴奔窜继于枳。沙虫猿鹤总消沉，大地旋看换涂轨。吾弟依然把耒耕，闲中常话小朝廷。从今永断冠缨梦，抱犊眠云无限情。戊寅中秋前二日记。

晤书堂诗稿，长洲沈钦圻得舆撰。康熙刻。十行，十九字。白口，左右双边。前有同里友人陆世廉起顽氏序。后有先祖行述，孙男德潜稽首谨述。收藏有"家在元沙之上"（朱长）、"经锄堂藏书"（朱方）。

此本罕传，原订附朱鹤龄集后。十年前遭盗掠去，七年后《愚庵小集》还来，此册却为人拆去，必有人识此为佳本，欲干没也。十日前却与姚现闻《棘门集》，金小郑秦淮后游词同归，欣喜逾望。昨得友人赠歙石砚，细而佳。发兴试汪节庵墨跋此。癸亥清明前三日，黄裳记。

南洲草堂集

徐电发《菊庄词甲集》一卷，余前以百金重直得于某氏。欲求《南洲草堂全集》却绝不可见。昨夜偶过来青阁，见新收萧敬孚家遗书数十种，中有此本，抚印颇后，仍买之归。它日更见初印精本，当更收之。又《菊庄词》尚有二集，余前后两收此书，亦只甲集一卷而已，不知何也。丁酉六月初九日挥汗记。黄裳。

《菊庄词》有盛名。余旧得一本，费至百金，有张菊生吴瞿庵诸跋。今得全集，始悟前以百金得一册书为可笑也。余箧中尚有龙龚鼎孳梁清标词，刊刻与此全同，意必菊庄所刻。又丁药园词，亦一时所刻，不知尚有它种否。己亥十月十八日，归自华亭江上，阅此卷因跋。黄裳。

釚罢官在康熙廿五年，时徐乾学方官礼部侍郎，集中所谓宗伯叔是也。竟不能庇之。观读史有感，“熟读周南太史记，只疑对禅胜河渠”，似由与同官争史稿修改以致被放，而起衅则由小游仙诗“莫羡吹箫王子晋，夜深花底自弹筝”，未悉所指。知是时党争之烈也。己酉十月十八日录郑文如书衣杂识。

《南洲草堂集》三十卷，《青门集》一卷，《南洲草堂续集》四卷，《菊庄词》《枫江渔父图题词》一卷。吴江徐釚电发著。康熙刻，十一行，十九字。上下黑口，单边。康熙甲戌黎士弘序，康熙乙亥朱彝尊序，尤侗序，叶舒璐跋，康熙乙亥自序，总目。旧序十二首，撰者姜西铭、程昆仑、钱十峰、杜苍略、方敦四、龙二为、朱长孺、张祖望、孙宇台、周鹰垂、汪蛟门、潘稼堂也。《青门集》前有康熙丁卯汤斌序。《续集》前有康熙乙酉自序。《菊庄词》前有康熙甲寅丁澎序，王嗣槐引，康熙甲戌傅燮詷序，次纪事，次词话，吴蔼跋。《枫江渔父图题词》前有张尚瑗序，图一幅、传一首、记一首，诗词如干首。次姓氏。

纬萧草堂诗

此宋山言诗，余旧藏一帙，颇敝坏，经人重装，颇不耐观，弃去久矣。今日过市，于架上抽得此本，精印可爱。系甬上孙祥熊物，即曾藏天一阁抄《录鬼簿》者，亦可喜也。因得之归，与最初印本《西陂类稿》并储，并记。癸卯雨水节。

《纬萧草堂诗》三卷，商丘宋至山言撰。康熙刻。十行，十九字。白口单边。前有康熙戊辰汪琬序，刘榛序。目录。收藏有“鄞蜗寄庐孙氏藏书”（朱方）。

抚云集

庚寅冬十月十七日，海上所收。

此钱木庵诗，传世甚稀。以常熟瞿氏藏书之富，亦仅有抄本。十年前余得此于修文堂，时小绿天藏书初散，为孙实君、孙助廉兄弟及孙伯渊所得，原目余曾见之，批价出张菊生丈手，绝昂，盖毓修遗孤请为估价，而菊老久不入市，以十年前书价拟之也。后终杀价归之三估，顾问者却少。余曾数过伯渊许，选得黄跋《救民急务录》、嘉靖刻《安桂坡稿》、嘉靖刻蓝印本《人物志》，正德袁表刻《皮子文薮》、清初刻《余怀诗》三种、旧抄民抄《董宦纪略》《小绿天抄书目》五种，小品精粹，大抵此数种耳。其明人活字数种绝精，却无力收之。此本最后所收，实君颇不重之，贱如泥沙，真可叹息。十年一梦，菊丈墓有宿草，诸孙亦俱垂老，旧本亦绝迹。摩挲此卷，能不感慨系之乎！辛丑惊蛰前八日，黄裳记。

《抚云集》十卷，卷十原缺，虞山钱良择木庵著。雍正刻。九行，十八字。上下线口，左右双边。康熙乙亥叔祖陆灿序，时年八十有四，目录，后有雍正庚戌严亨裔后序。收藏有“诗卷长留天地间”（朱方）、“孙毓修印”（白方）、“小绿天藏书”（朱长）。

遂初堂集

余收清集颇富，然似此种却少，稀遇难求也。近始尽全力收之，而书价腾涨，故籍日稀，其艰难十倍曩昔。而偶得一本，快慰乃不可言。此日而求清初诸老集，不殊乾嘉中求宋元板也。此本抚印甚初，为阮伯元旧物，流转之迹亦可珍重。汉鹿斋不知谁氏，余所收明人别集之佳者，往往出于其家，当亦淮上藏家也。黄裳。

次耕兄力田，遭浔溪史祸，为撰国史考异序，直叙被祸端末，集后传状亦俱不讳其事，盖历时少久，遂不妨约略言之耳。赠吴子班序，直书贵池吴次尾明亡奋欲有所为，与新安金正希遥相应和，兵败不屈死。以为何嫌何疑，假天子仁圣立说，亦不得已，表彰忠义，心曲可见。其为二氏所作，俱入别集。与梁药亭书、致粤东当事书、天王碑考皆攻石濂大汕者。是为哄传一时之大案。次耕又尝与徐乾学兄弟谋刻其师顾炎武《日知录》，有序见集中。是为初刻，流转甚稀，为世所重。此集中文多有关涉史事之作，而为文汪洋恣肆，馆臣讥为好辩，太伤于尽，是正所以誉之也。戊寅晚秋。

《遂初堂文集》二十卷，《别集》四卷，吴江潘耒次耕著。康熙刻。十行，二十一字。白口单边。前有康熙四十九年海宁受业许汝霖序。次目录。卷尾有子其炳稼堂府君行述，泽州陈廷敬撰墓志铭。收藏有“扬州阮氏琅嬛仙馆藏书印”（朱方）、“汉鹿斋藏书印”（朱方）。

曹楝亭集

《楝亭诗钞》，世罕传本。余旧藏《诗钞别集》四卷又《词钞文钞》各一卷，竹纸印本。诗钞曾一见之南昌旧肆，后即未更见有二本矣。月前见估人持九峰旧庐书目来，中有此书，即嘱持来，久无以应。昨过徐贾绍樵许，乃见此桃花纸本二册，狂喜，立挟之归，不与论价。今而后来燕榭藏楝亭集全备无缺矣。余旧藏本词钞后尚有别集，此本无之。因知复本之收，未必全无用处，况此为绝罕之书耶。此书旧藏真州吴氏测海楼，原价一元，今则去米石许。故书多减直，此反不减者，以寅为雪芹祖父也。甲午大寒来燕榭记。

余去岁南游，道出南昌。于旧肆中见《楝亭诗钞》，还价未谐未得，至今忆之。昨过诵清阁，闻有楝亭诗刊本，今又过之，乃得此《别集》四卷以归。余近与周玉言兄邮简往还，商红楼故实，以为曹家种种，当于康熙乾隆两朝文集笔记中得之。惜书籍浩如烟海，无此闲暇，亦无此收藏足资寻求也。此别集中颇多金陵邗上京师所咏，当通读之，未必有所获亦未必无影响耳。庚寅始秋七月廿九日黄裳记。

壬辰十月卅日，得此武进盛氏所藏《楝亭词钞文钞》一册，余旧有《别集》，得此俪之，甚快事也。小燕。

《楝亭诗钞》八卷，《词钞》一卷，《文钞》一卷，千山曹寅子清撰。康熙刻。十行，十九字。白口，左右双边。诗钞前有“已未四月朔，黄公顾景星书于都门旅次”序，“些山学弟杜岕书，时年七十有三”序，遂安毛际可序，康熙乙酉朱彝尊序，姜宸英序。词钞前有康熙癸巳受业王朝瓛序。文钞前有受业唐继祖序。开花纸本。收藏有“真州吴氏有福读书堂藏书”（朱方）、“九峰旧庐珍藏书画之记”（朱长）。

《楝亭诗别集》四卷，千山曹寅子清撰。康熙刻，行款同前。前有蕲州顾昌序，受业郭振基序。

《楝亭词钞》一卷，《词钞别集》一卷，《文钞》一卷。康熙刻。行款同前。收藏有“愚斋图书馆藏”（朱方）。

冰雪集

丙申落灯之日，得此于海上故家。万言贞一子承勋集也。贞一入史馆，后令五河，辛未遭白简，锻炼成狱，承勋行乞海内，醵金告赎。父为流人，子学苦吟，遗民心事，倍酸辛也。有《哭黄梨洲先生》五首并序，详著宗羲遗事；又有《谒十三陵诗》，有详注。按郑寒村编《四明四友诗》，刊于康熙十八年，中有《冰雪集》，只一卷，又《苦吟集》一卷，此集并未刻诗编定付刊，时在康熙癸巳，卷五已是雍正中诗矣。集当刻于康熙中，卷首著者名下有慈水门人郑大节重刊一行，疑是就原刊增刻者。又尝见万贞一藏书印曰："吾存宁可食吾肉，吾亡宁可发吾椁。子子孙孙永无鬻，熟此自可供饘粥。"为白文长方印，其语深痛，聊复志之。来燕榭记。

《冰雪集》五卷，鄞万承勋著。清初刻。十行，十九字。上下黑口，单边。前有康熙乙未彭祖训序。康熙癸未自序，康熙癸巳谢绪章序。目录。

张匠门集

乙未冬日收得。与旧藏《朴村文集》《米堆山人诗钞》同储，一门才俊所著略备矣。黄裳记于来燕榭中。

此亦清初别集名书，王绶珊遗物也。余收之徐绍樵许，与他书多种同得，价不甚昂。后一日绍樵告，又见一本于孙实君许，价乃高绝，颇惜其贱售矣。此集刊于匠门身后，外孙顾诒禄为收拾之。时文网渐密，文之有关流人党狱者，皆刊落不存。如汪氏《读书堂集序》，西征随笔狱起，遂删去。清刻之在雍乾之际者，往往有此病。惜知之者不多也。是集只此一刻，亦不复能求全责备矣。云章《朴村集》刻亦不早，然是生前手定，存文更多，然以此阑入禁网，而此集获免，是幸亦不幸，是岂诒禄之功也哉。戊戌十一月廿四日，寒雨终朝记，距收此已三年矣。

《匠门书屋文集》三十卷，嘉定张大受日容撰。雍正刻。十行，廿一字。白口，左右双边。前有愚兄云章叙，次目录，后有雍正庚戌外孙顾诒禄后序。扉叶用绿笺，题书名，又朱文长印曰："姑苏齐门内经业堂古今藏书图章记。"收藏有"如皋□国柱帝臣氏藏书"（朱长）、"汉鹿斋藏书印"（朱方）。

梅会诗人遗集

此《梅会诗人遗集》，今存六种十六卷。余得于杭州拜经楼。主人方去绍兴买书未归，欲求藏书观之不果，殊令怅怅，姑于案头携此两册书归，慰情聊胜。泛棹湖中，偶展观之，颇除岑寂。初余于嘉业堂得《苻溪诗集》四卷，此次偶见，如遇故人。平馆善本乙目中有此，亦非全书，只存十一种，全本当十三种，共三十八卷，全目在孙殿起《丛书目录拾遗》中，今不更记。辛卯四月十八日，夜窗题记。黄裳。

十年前曾得此《苻溪诗集》一册，嘉业堂旧藏，曾经旧人朱墨笔校改甚多，似据原稿正定者，不之重也，易去久矣。丙午寒露日，重阅更记。黄裳。

三日前自湖上归来，杭州旧书已绝迹，偶遇书友严某，询以陈氏绰号小六爷者，余与陈甚稔，常从其手得抱经楼书者，则已逝世，为之惘然。假此清初佳刻之能随手抽得者，真如梦矣。癸亥元月十二日雨窗记。

《梅会诗人遗集》存六种十六卷，康熙刻，十二行，二十三字。白口，左右双边。

《荇溪诗集》四卷，嘉兴梅会缪泳潜初撰。李维钧序，李绳远撰墓志铭，朱彝尊序。

《渔庄诗集》一卷，嘉兴梅会屠焯昭仲撰。李维钧序，受业世侄朱愿为百题辞。

《演溪诗集》一卷，嘉兴梅会徐在皆山撰。李维钧序，通家侄金介复题序。

《道南堂诗集》四卷，嘉兴梅会李琇球亭撰。同怀弟维钧序。康熙己卯同学弟周家耀序，康熙己卯同学弟查昇序，钱来修序，侄符题词。

《花南老屋诗集》五卷，嘉兴梅会李符耕客撰。李维钧序，康熙戊午徐乾学序。

《懒人诗集》一卷，嘉兴梅会蔡耀远士撰。李维钧序，金介复题词。

松皋文集

此《毛会侯集》十二卷，康熙刻，流传甚罕。余旧收《浣雪词钞》二卷，亦康熙刻，与此刊刻体式正同，得此俪之，可谓快事。丙申三月初六日过姑苏，得于文学山房。归寓检书漫记。黄裳小燕。

此为初刻。后更选松皋文，改刻板心，增以新作，为《安序堂文钞》二十卷，后更增为三十卷，世所知者即此。乾隆四十六年王仲儒西斋集之狱，际可身后亦为牵及。诗选板片先由曾孙毛绍睿缴呈，后更查抄其集板片之寄存杭州汪日永家者，诸集遂不可多得矣。丙午新春初二日书于来燕榭。

《松皋文集》十二卷，遂安毛际可会侯著。高阳李坦园先生、甬东史立庵先生选。楚黄张希良师石、兄先舒稚黄评，康熙刻。九行，十九字。白口，单边。前有康熙丙辰高阳李霨序，康熙丁巳张希良序。次目录，题男士仪、士储较。

素心堂偶存集

此集罕传，诸家著录皆未收。有萧山陈至言序，而刊刻亦与《菀青阁集》绝类，皆不分卷次，有写刻，有宋体字刻，其为先后付刻而成无疑。冬夜重展，漫读一过，因识岁月。甲辰十月廿八日，黄裳记。

《素心堂偶存集》诗九集，文不分卷，山阴薛载德厚莽著。康熙刻。十行，廿一字。上下黑口，左右双边。前有康熙乙酉李林序，同郡年家眷同学弟湘湖陈至言序。

黄叶村庄诗集

此吴孟举黄叶村庄诗之初刻本，前犹存吕庄生序，传世甚罕。向曾数见写刻本，皆未之收，因未能决后刻本果有吕序否也。孟举与晚村交甚密，后以购山阴祁氏书而交绝，后文字狱起，吕序当即削去，此原刻吕序尚存，自可珍重。藏印有管氏徐氏，俱颇旧，徐晓霞则近人藏书有名者。今日天雨过市，买得于来青阁，因记。乙未二月半。

邓文如云，《之振集》八卷，刊于康熙三十五年丙子，吕留良为之序。《后集》一卷，刊于四十一年壬申，《续集》一卷，刊于五十一年壬辰，为子侄所编，不知何据。此本吕序撰于康熙十九年，刊行当早于丙子。文如又云，留良之求于吴之振，资财衣物，饮馔器玩，无不取给。幸之振富人畏事，不敢绝交，唯于葆中有微词，葆中，公忠改名，留良子也。晚村因争购祁氏书与黄梨洲交绝，旧跋误以归之之振，于此正之。乙巳十二月十六日，黄裳记。

《黄叶村庄诗集》八卷，州泉吴之振孟举氏著，康熙刻。十一行，二十字。上下黑口，左右双边。前有康熙庚申南阳村友吕留良序。收藏有“当湖徐氏无补斋藏书”（白长）、“徐钧印信”（白方）、“晓霞藏本”（朱长）、“徐安”（朱方）。

研溪先生诗集

今晨过市，途遇传薪书店店伙某，告新自江北得旧书一批，约余往观。即匆匆过之。见有旧抄宋广陵先生王令《逢原集》，系泰兴季氏旧藏，有沧苇跋尾。又上元朱述之《曹集考异》稿本；又魏伯如《阿伽庐诗存》稿本，有孙衣言戴子高题记；《秦大士诗存》，秦涧泉稿本等，议价未谐，约午刻更过之。洎再至，则有购书者已挟《广陵集》去矣。为之嗒然。只得此惠周惕诗及留村金人望《浪淘集诗钞》而归，皆清初精刻本也。《研溪先生全集》当尚有《文集》一卷《诗说》三卷，今不存。《红豆集》首页亦佚去，当抄补完之。晚归作记。庚寅七夕后一日，黄裳。

得此本后五年，更收《砚溪诗说》三卷于无锡故家，《文集》一卷终未之见也，传本之稀如此。戊戌中秋前六日，黄裳重展记。

周惕字元龙，康熙三十年进士。选庶吉士，散馆，以不习清书改外，补密云知县，卒于官。此集流传绝罕，《东中集》后似失去数叶。颇与揆叙近，有唱酬之作不少。诗清丽，然无何故实可征，徒以学人增重。年前尝见所作册页于市上，妙擅六法，则世无知者矣。己酉新正初二日，来燕榭坐雨书。

余家书掠去后，曾由顾某检点，取佳本二千余种，都为一目。此册不在目中。念之不忘，数数索之，今竟得归，亦大幸事。清初写刻，阮亭、钝翁诸种有重名，写官为林吉人辈。此册亦何多让，而流转更稀。刊工之精，抚印之初，皆难得。三吴名迹若此，亦若凤毛矣。甲子五月廿三日记。

《研溪先生诗集》六种。东吴研溪惠周惕撰。康熙刻。十一行，二十二字。白口，左右双边。计《北征集》《峥嵘集》二卷、《东中集》《红豆集》《吃语集》《谪居集》六种，各以大题著之。前有总目一页。每卷尾俱有“小门生王薛岐谨录”一行。收藏有“李芳馨”(朱方)、“蕙圃”(白方)、“太史氏”(朱方)。

诗说

丁酉残腊，得于徐绍樵许。砚溪诗十年前余得一最初印本于其肆，欲求此《诗说》三卷而不可见，不图十年后更于同肆收之。而人事栗六，绍樵亦中风，几致不起。可慨也。岁尽前三日，黄裳记。

绍樵终于去夏死，此册盖最后得其家书之一也。十年中买书海上，得精本于徐贾者不少。元刻《岳忠武王庙名贤诗》、张宗子稿本《史阙》等皆是，明清刻之佳册，更难仆数。今后书林遂更无此人矣。惜哉。辛丑新岁更跋。

癸卯新春，付旧友曹有福君为重装之。落灯后二日书至，因记。黄裳。

《诗说》三卷，东吴砚溪惠周惕撰，康熙刻。十一行，二十二字。白口，左右双边。前有癸亥秋七月济南德水田雯序。丘南老钝汪琬序。每卷尾有“小门生王薛岐谨录”一行。

匡庐集

此册亦得之于徐汇唐肆者，清康熙刻也。罕传，卷耑有堇斋昌龄藏印，殆曾藏曹楝亭家者。乙未雨水节。

绮园所撰尚有《娑罗草堂诗》五卷三种，《白华集》二卷，《四明集》二卷，《黄山唱和集》一卷也。只此本稀见，无著录者。丁酉正月更记，黄裳。

《匡庐集》二卷，大题作《游庐记及游庐山诗》，属天都吴菘绮园纂。康熙刻。十行，十八字。白口，左右双边。版心下有娑罗草堂四字。前有同里双石人程元愈序。卷尾有泸州先著、桐城戴名世、方山蔡擎、广陵张师孔四跋。收藏有“长白敷槎氏堇斋昌龄图书印”朱文方印。

双云堂集

四明张之铭买书甚多，而绝无佳本。其人设实学通艺馆于海上，身后遗书散出，袁估西江得之最多。后渐至摊头地上皆有之矣。余所得只天一阁旧藏《陈后冈集》一册耳。今日过市，乃于摊头得此集，尚是清初旧刻，曾藏卢青崖家者，为之狂喜。卢氏藏书印记往往是白文大方印。此朱文小印绝少见，因知此书罕秘特甚也。乙未三月初一日，灯下记。

此书买得八年矣。近始付工重装，可藏弆矣。出姑苏旧友曹君之手。如此手段，近绝无之。癸卯落灯后二日。

此书卷尾有孤子范廷谔、廷彦撰行述。廷谔字讷斋，曾随父听黎洲先生讲学，师郑梁。有《讷斋诗稿》八卷，又《边防要略》《海防议律笺注》等，今不传。

此本刊刻出二老阁郑氏，与寒村家集刊刻体式正同。婿谢为雯，三宾之后。撰《春草堂文约》，多记明清易代史事，刊刻却迟至道光中，余亦有之。重装毕，检书漫记。黄裳。

《双云堂文稿》六卷，《诗稿》六卷，康熙刻。九行，二十字。上下黑口，左右双边。卷首大题下双行云：

“甬上笔山范光阳著，慈水寒村郑梁选，婿谢为雯阅，孙从律较。”前有康熙丁亥半人郑风序，康熙丁丑练水赵俞序。目录。卷后有孤子范廷谔、廷彦撰行述。收藏有“四明卢氏抱经楼珍藏”（朱方）、“无竟先生独志堂物”（朱文扁方界格印）、“张之铭珍藏”（朱方）。

秀野草堂诗集

此秀野草堂主人诗，清初精刻，秀美无俦。今日访石麒于其家，手此见示。此亦藏书家集也，喜而得之。癸巳九月廿五日，黄裳记。

此秀野主人诗初刻精本也。余后来又收《书馆闲吟》一厚册，盖主人居京师时所作，亦单刻本。清人集部颇有初刻全集之异，而单刊小册更可珍重。以流转甚稀，而中间更多改异也。此意今日知者少矣。今晨弄笔校顾梁汾词，名家词选本与乾隆家刻本，异字几不可仆数。可见作者手定之迹，如非初选尚存，岂能更知其中消息耶。乙未闰三月十二日，晨窗漫记，黄裳。

《闾丘诗集》十卷，长洲顾嗣立侠君撰。康熙刻。十一行，二十一字。白口，左右双边。前有康熙乙亥同学张大受序，次目录。计《秀野草堂集》五卷，《小秀野集》二卷，《金焦集》一卷，《山阴集》一卷。书面原签犹存，分上下册，各著集名。

无闷堂集

此张超然《无闷堂集》，诗文俱全，抚刻绝精，得之海上，集绝罕传，有近时翻刻本，此则原刻也。邓之诚据集中诗排比生平行迹甚详。云远有兴复之志，而终无所遇，博一科、守一县，皆所以掩其迹，而终不可掩。于赵松雪跋更露心事。所论有可信者，非臆度也。丙申四月初十日，黄裳小燕记事。

此书四库未收，诸家藏目亦未见。初开版于粤东，子继超重补佚诗，刻于吴下。卷中有挖去之诗，原目俱在。非因干碍，而为误入舛错之作也。卷中多存与翁山倡和之作，未入禁网，实是大幸。超然交钱遵王毛斧季，居虞山久，得《也是园古今杂剧》，存跋文一篇，最可补书林掌故。丙申小满日，晨窗坐雨更书。

《无闷堂集》诗二十三卷文七卷，闽张远超然撰。康熙刻。十一行，二十字。上下黑口，四周双边。扉叶题“金阊刘汝洁梓”。目后有“男继曾、继超、继祖校字，海虞门人言梦奎等同订”题名。卷十三起写刻，十一行，十九字。上下黑口，左右双边。诗集后有男继超刊书识语。文集仍宋体字刻，前有番禺屈大均序，乙丑自序。收藏有“云山一带阁李氏藏书”（朱方）、“朝栋之印”（朱方）、“二雅山人”（朱方）。

南涯集

彭孙贻《南涯集》三卷，康熙甲辰乙巳丙午粤游所作也。《感旧集》选彭诗四十五篇，太半出此。此集与《金粟词》《延露词》皆有单刻，《松桂堂全集》三十七卷则骏孙没后五十年，乾隆癸亥孙景曾所刊，而以《南涯集》《延露词》附之。此为原刻，至足珍秘。孙贻作此时已登进士，官中书舍人。至己未词科第一，官翰林，则十四年后事矣。张菊生丈涉园所收茗斋著作甚富，亦未有此，罕传可知。癸巳十一月初八日黄裳记。

《南涯集》三卷，海盐彭孙遹撰，康熙刻。九行，十九字。白口，左右双边。前有康熙甲辰十月既望同学小弟陈恭尹题后。收藏有“如山堂印”白文方印，“嘉兴李潜”白文方印。

梅庄文集

此张迩可集，余于旧目中知有此书而未敢作收藏想，只读其《杜诗会粹》耳。今日过市，竟于乱书堆中抽得之，几不敢信。惜前序少破。然如不破则未必落余手中矣。此亦有其弊亦有其利也。丁酉十月十二日，黄裳跋。

迩可于毛西河为同里后进，潦倒诸生三十年，年五十一始于康熙二十一年以贡生赴廷试，又十二年始选缙云训导。又五年刻此集又诗一卷，大约皆康熙壬戌后所作也。所撰著甚多，《杜诗会粹》外尚有《易经本义发明》《诗经析疑》《文选会笺》《太白诗笺》等，皆罕传。丙午新正献岁后第二日，漫检藏书及此，遂更跋焉。

《梅庄文集》，萧山张远迩可著。康熙刻。十行，廿字。白口，单边。前有康熙己卯张希良序，康熙己卯遂安方象瑛艮堂序，遂安毛际可序。目录。收藏有“摩诘后身”（白方）、“妙涞山人”（朱方）。

始读轩遗集

昨日归自奉贤，今晨发兴观书于古书肆，绝无旧本，偶得此册，尚是康熙时刻。孟耀亦明遗民义士，思复故国于翻覆之后。浙东一隅，信多奇士，而遗集不彰，世几不复知有此书，亦可慨矣。后附诗余，亦辑清初乐府者所未见也。晴窗记。已亥端阳前五日，木雁斋书。

《始读轩文集》四卷，海昌查旦孟耀甫撰。康熙刻。十行，二十一字。上下黑口，单边。版心作《始读轩遗集》。前有甲午春日西泠社弟陆圻丽京氏原序，康熙庚辰婿朱达后序，鸳湖后学徐盛全孝绩撰查隐君本传，目录。扉叶题闲闲庐藏板。

含翠轩诗钞

此集得于吴下，系滂喜潘氏劫余，为其少子论斤入市之物也。集为孝慈堂主人所刻，叶筠与闻远子逊善，往来栗里，尝登许氏之堂，观梅花墅所制曲，集中存诗数首，皆可考见当时故实。诗笔清丽，七古尤近梅村，然题临春阁传奇，竟以摩诘凝碧池故事拟之，故国之思，不可掩也。收得后以蛀裂殊甚，未遑装池，杂置书簏中。昨始检得，漫阅一过，记卷末焉。丁酉闰中秋，黄裳记。

丙午春分日，雨，重阅一过。此清初名集也，世无藏者，当珍护之。沈德潜尝选数诗入别裁集，肆意点窜，最是杀风景事，得此原刻，得发沈氏之覆，亦一快也。来燕榭坐雨书。

《含翠轩诗钞》□卷，长洲陈叶筠廷望撰。康熙刻。十行，廿一字。白口，左右双边。自卷一之四已定，以下卷数俱墨钉。前有康熙己亥觉庵施何牧序。

浪淘集诗钞

此精刻本《浪淘集诗钞》，甚罕见，诸家目皆不载。余获之传薪徐绍樵许。而延令旧藏钞本《王广陵集》却为他人攫去，则甚令憾惜。近书市寂寞已久，购者亦寥落，而偶有书至，抢购者却不乏人。余资力甚薄，而日无暇晷，无论不能遍遇诸书，即遇亦未必能尽得。得失亦不复萦心，但偶获一二可喜之册，手自摩挲，娱我心自，兹事已毕，云烟过眼，更将无所挂碍矣。晚窗蝉噪，书此怡然。庚寅七月初八，黄裳记。

余获此书同时并见有朱绪曾《曹集考异》初稿本，系冯梦华藏书。闻尚有再稿本，尚未检出。夹签校改甚多，而无图记手跋，不敢信也。忆黄晦闻有岁暮以重直购上元朱述之绪曾所校《曹集考异》钞本四册题其后诗，知此书传本甚多，未知孰是真赝也。晦闻诗有“值重上元笺校本，寒无卒岁米盐资”之句，寒士得书不易，古今同慨。晦闻身后，遗书散尽，上元校本，不知流落何许。曾见所藏张惠言文稿，已裱成册叶，附记于此。庚寅七夕后一日，挥汗记。黄裳。

《浪淘集诗钞》，留村金人望著。康熙刻。十行，十九字。白口，左右双边。前有丰润陈敏序，康熙戊子泾阳刘追俭序，康熙丙申锡山王云锦序，康熙甲申自序，康熙己亥吴世焘序。陈于豫跋，丘璋跋。

书带草堂文选

《慈溪郑氏家集》余曾有其数种。性之《南溪偶刊》，梁之《寒村文集》皆有之。此《书带草堂文选》则郑溱所撰，刊刻与寒村诸集版式正同，时兰皋犹未逝，所作《白云轩倡和诗》即附《五丁集》以行者。此集中多有虏字，似未讳避，而第五十六页墨钉二字，朱笔补入蛮域，又似有所讳者，不知何也。全书经理盦太史批校，却不知其生平矣。寒窗作记。丁酉二月十九日，黄裳。

《书带草堂文选》二卷，慈溪郑溱兰皋父著，男梁辑录，孙性校刻。康熙刻。九行，二十字。上下黑口，左右双边。前有目，通体朱墨笔校，署名理闇，有“理盦”朱白文印。

行脚草

乙未九月初五日海上收，黄裳记。

《行脚草》，鄞江释菊窗思璿著。康熙刻。九行，二十字，白口，双边。前有香眉居士张起宗序，杲堂居士李邺嗣序。收藏有“积学斋徐乃昌藏书”朱文长印。

寒泉子石苞

光绣钱忠介肃乐从弟，木陈忞弟子。续甬上诗五十，钱圣月光绣入太白山赠西照雪樵两禅师诗，注云：时两师随弘觉老人应召归自都下，非其志也。是于木陈入京之行，皆不以为然。天岳本昼则颇推重本师，于丁巳仲春，重主平阳，是为康熙十六年。诗后有注，颇为木陈回护，亦清初法门纷争中一公案也。详见新会陈氏僧诤记中。乙巳二月十二日重阅记。

《寒泉子石苞》，古鄮钱光绣较阅，康熙刻。八行，十九字。白口，左右双边。前有法侄超睿序。目录。

书馆闲吟

长洲顾氏《秀野草堂集》，余藏初刻精本。此嗣立居京时作，刊刻尤早，可珍重也。甲午三月，小雁。

此卷皆秀野都下诗，朱彝尊刻《腾笑集》，亦此类也。单刻别行，最是珍秘。甲午除夕，黄裳更记。

此本疑亦出林吉人手书上版，秀逸可爱，而世少知者。重检更记。乙未秋分。

《书馆闲吟》十卷，长洲顾嗣立侠君著，康熙刻。十一行，廿一字。白口，左右双边。前有目录。计《秋查集》二卷，《双井书屋集》三卷，《枣下小集》一卷，《春树草堂集》四卷。集前各有小序。收藏有“陈箴”“扆六”（白朱氏连珠印），“家在百花洲畔”（白方）。

出塞诗

此康熙刻《出塞诗》，徐芝仙撰，渔洋山人门弟子也。卷首一诗即马后桃花马前雪，余儿时即知之。后不复忆为何人作。不图二十余年后得其原集，快何如之。收藏印记亦清初旧人也。拣得于古书店楼上。披沙拣金，往往得宝。快事亦幸事也。丁酉闰月初四日记。

《出塞诗》，渔洋先生批点，芝仙徐兰芬若撰，康熙刻。十行，十九字。上下黑口，左右双边。前有王士禛序，戊寅姜宸英序，四明万斯同序。新安同学弟汪灏后序。收藏有“酒熟花开二月时”（朱文方印）。

节必居稿

去年冬吴下故家不肖子以藏书秤入纸铺，估人零星收取，俱以归余。其中亦颇有精善之本，此《节必居稿》系晚明殉节诸臣遗集，颇罕见，付工重装并记，丙申春。

徐晟《续名贤小记》有刘公旦传，出吴枚庵写本，颇可补《澹归传》所未及。晟树丕子，为公旦通家后辈，宜所作之详赡也。此本前有小像，一目微眇，不见徐传，不知其传神于阿堵也。澹归一传多取材于殉节遗事，二传并观，公旦生平行事乃毕具矣。己亥上元晴窗记。

全谢山撰钱肃遴传言，妻鲍氏于职方狂死昆山后，勉治殡殓，祝发为尼，与长洲殉难忠臣刘公曙之夫人同居一草庵中。是公旦身后，夫人亦入空门。然子若孙犹能刻此遗集，是其祀故未斩也。己亥正月初六日更记。

《节必居稿》，长洲刘曙公旦撰。康熙刻。九行，十九字。上下黑口，左右双边。首道隐金堡今释性因撰传，次殉节遗事，狱中寄示男侄书及自述连日问答语，遗像及朱用纯赞，悼诗，目录。卷尾有男蕃谨辑，孙、曾孙编较题名。

玉几山房吟卷

壬辰立夏后日所收，小燕藏本。

此陈玉几诗三种，刊刻精甚，传世亦稀。余前年春得魏稼孙手写《玉几山房听雨录》，颇珍视之，以世无刻本也。今更得此以俪之，真为快事。今夜宴小燕归，酒后展书记。壬辰四月十九日。

《玉几山房吟卷》《绣铗集》，鄞人陈撰楞山撰。康熙刻。十一行，廿一字。上下黑口，左右双边。康熙丙申魏周琬序，丙申松门同砚弟程鸣序。

《秋吟》一卷，鄞县陈撰楞山撰，康熙刻。十行，十九字。白口，单边。魏周琬序，程鸣序，赵虹跋。

《玉几山房吟卷·辛丑》，钱唐陈撰楞山稿本，同里符曾幼鲁点次。康熙刻。十一行，二十四字。白口，左右双边。马朴臣序，赵信序，王焯序，江潆序，史凤辉序，厉鹗序，符曾序。版心题玉几山房拟古诗。徐乃昌藏书。

西陴诗稿

此《西陴诗稿》，清初刻本。焦里堂藏书，极罕见。四库未收而诸家目亦未见也。魏廓功生当明清易代之际，与吴野人齐名，而世无知者，此集当亦罕存矣。卷中有朱墨笔迹，似曾以之入选本者，未知果出焦氏手否。辛卯腊花日，黄裳记。

案，朱墨笔皆里堂手书，有选字书于阑上，亦有更易字句处。先迁甫序曰："野人称诗淮扬间甚久，而廓功名不出于白沙。陋轩诗朴劲有法，少生新之意。西陴诗郁郁古色，而阡陌町畦，不甚就界画。"里堂于此上书眉书曰："西陴诗在陋轩之上"，可见品赏一般。戊寅四月廿九日补记。

去年残腊，余以清初刻本十许种付姑苏曹有福君为装治之，今始装讫送来。计所耗于工料者约米三石之数，可谓昂矣。此次所修诸书有已残蠹不堪触手者，如康熙精刊之《梅禹金元芝馆集》，为获之姑苏玄妙观肆中者，纸幅飞裂，蠹吻密如蛛网，今皆补好，展卷如新。此种手段，求之并世，不可更得，为古籍续命，亦功德事也。去年得旧高丽笺十许叶，以之覆面，颇不恶也。壬辰惊蛰日。

《西陴诗稿》，真州魏卫廓功著，康熙刻。十一行，二十字。上下黑口，四周双边。前有敦煌洪嘉植序，己巳闰三月泸州先著序，卷尾有洪嘉植撰魏处士墓铭。扉叶题鹤山草堂藏板，收藏有“焦氏藏书”白文方印。

吕晚村家训真迹

庚寅首夏小满前一日收得此禁本《晚村家训》于海上之来青阁。黄裳手识。

此本得之九年前，乌程庞氏不知谁何，颇藏旧板。估人捆载入市，价绝廉。此本外余尚收得旧抄《玉峰草堂集》《南烬纪闻》等。后二年更收寒山小字本《玉台新咏》，皆其家书也。

得此书二十二年矣，幸未与群书俱去。岁暮重展，大有趣。知此戋戋一册书远胜文集四册也。其中透露明清易代之际，士大夫居家为学，及资生习俗，皆能得其真相，晚村道学家、选家、藏书家，然非甚有民族意识者，其得罪新朝，亦偶然耳。书甚罕传，得于来青阁，直甚廉，只少胜论斤之物耳。同得尚有他书，凡十种。此种书缘，回思如梦矣。壬子除夕记。

《吕晚村先生家训真迹》五卷，康熙按真迹抚刻本，前有康熙癸未冬十月三原门人员赓载识语。收藏有“庞青城收藏印”（朱长）、“乌程庞氏百圜楼藏书图记”（朱方）。

杲堂诗文钞

今晨在作家协会开会，午刻散出，日影满街，地摊上方秤入故书数十斤，有明文在，《经义考》及盐法等大部书，无所用之，只检得鄞人著书四种，皆慈溪杨氏文征楼藏本，以李氏《杲堂诗钞》七卷为最佳。估人告尚有书数百斤明后日续出，当再访之。甲午十一月廿一日来燕榭记。

得此册后二年，更收《杲堂文钞》六卷于海上。刊刻与此本正同，极初印，卷前有"柘堂读"白文大方印，柘堂李氏，亦清初人，为之大快。当重装并储之。劳燕之合，乃在三年之后，藏书辛苦，其谁能知之。丁酉落灯后一日，黄裳记。

此本罕传，尚是甬东故家所储。柘堂一印，奇古而佳。当是清初老辈，惜不知其姓氏。余旧有杲堂诗，初未作全集收藏想，乃于无意中获此，剑合珠圆，真美事也。甲辰春分后四日重跋。

《杲堂诗钞》七卷，《文钞》六卷，甬上李邺嗣著，吴郡邓汉仪，同里徐凤垣选，婿万斯备，男暾同较。康熙刻。九行，二十二字。上下黑口，左右双边。《文集》为姚江黄宗羲选。《诗集》前有同里姻盟弟茧庵林时对序，康熙戊午鹤山老友徐凤垣后序。收藏有“醉月□”白文方印。文集前有康熙戊午姚江弟黄宗羲拜纂序。收藏有“柘堂读”白文套边大方印，“物外关心”（朱方）、“栖真雩壑”（白方）。

樗亭诗稿

此董苍水集，清初刻，罕遇难求之书也。今日偕燕过市，遇老书估孙实君，邀观新收诸书，有计改亭、谢天愚诸集，皆清初刻本，为之眼明，乃得此集及林西仲选稿以归。此本后有《镜湖竹枝词》，其六云：“祁家台榭尽倾颓，无复游人载酒来。君看园外东流水，好似繁华去不回。”可见祁氏故园诸状。正可入余所辑远山堂事辑，甚可喜也。丙申重五前二日，黄裳记。

《樗亭诗稿》十二卷，云间董俞苍水撰。清初光复堂刻。九行，十八字，白口，单边。前有年家弟娄东吴伟业题于鹿樵溪舍序，东海年家同学弟宋琬序，阳羡同学弟陈维崧小序，次总目。

南崖集

陶子师《南崖集》，旧藏一本。虽以集名，实政书也。清初粮政，可考见者不少，意甚重之。今日过市，于架上更抽得此，初印阔大，且附子正靖《晚闻存稿》二卷，别无著录，大可珍重。天壤间奇书何限，安能每见必收，偶得一二，亦可快意。况当此书市寥落之日，石印、活字，都成名物，偶见此种，无异乾嘉之际得一宋本矣。余收书十年，例于岁末得精本，近已不作此想，乃积习未除，仍数数过市，得书以归，似此冷淡生涯未能便弃去者，念之亦大可笑，漫书卷尾。庚子岁不尽一日。

《南崖集》四卷，常熟陶元淳子师著。雍正刻。九行，二十一字。上下黑口，左右双边。版心下有刊工名。前有青州同学赵执信序。目录。诒清堂藏板。卷尾有男贞一正靖谨校一行。

《晚闻存稿》二卷，常熟陶正靖稚东著。乾隆刻，十一行，二十一字。上下黑口，左右双边。前有目。收藏有“星渚干元仲珍藏书籍”（朱方）、“九叶传经”（白文套边方印）、“子子孙孙□无极”（朱方）、“子子孙孙宝用”（白方）。

渔庄诗草

此康熙刻沈可山《渔庄诗草》六卷，得之来薰阁，与戴名世《南山集偶钞》同收。沈氏萧山人，卷中有吊祁忠敏诗，又与祁鲁望相往还，必祁家子弟。是皆有关梅市祁氏故实，可采入逸事辑者。惜《远山堂曲品》已将出版，无从补入矣。丁酉七月初十日，黄裳。

《渔庄诗草》六卷，萧山沈堡可山撰。康熙刻。十行，十九字。版心上方黑口，左右双边。前有康熙丙戌毛奇龄序，康熙丙戌朱彝尊叙，乙酉嘉平自序。

蔓堂集

今日晨起，秋阳甚丽，海上最佳天气也。偶过旧肆，于徐绍樵许买得清初刻《方外集》四种，皆罕见佳本，亦皆南陵徐氏故物。余近收旧本诗余百许册，无乾隆以后物，亦积余旧藏。综余历岁所得，不下数十百种，因叹积学斋中信多秘册。迄今十余年，遗芬残馥，犹未尽也。积余所收书，庞杂无序，宋元旧椠甚少，然生逢鼎午之际，故家藏书多流散市上，乃从容收取，清刻秘本，所积乃充栋宇。此本尚是原装，有黄梅寺木记，传世恐无复本，当重装藏之。乙未九秋。

宜兴善权百愚净斯，南阳桐柏谷氏子。卒于康熙四年，年五十六。方拱乾为撰塔铭。有语录，陈其年撰序。玉林琇据善权而有之，时师已寂，弟子寒松智操继席，为玉林凌逼以去。玉林之徒白松丰继主善权，为争陈祠寺爇焚死，为清初僧诤一大案。详新会陈氏书。此册罕传，且有此段故实，亦可重已。甲辰腊月十三日，黄裳记。

百愚禅师《蔓堂集》四卷，桐城方拱乾选。康熙刻。十行，二十字。白口，双边。前有康熙甲辰方拱乾序。卷尾有“居士蔚小庄法名智钦同妻法名智恭捐刻”二行。徐乃昌藏书。

乙未亭诗集

来青阁近收故家书甚多，约余往观。其较佳之清集，已别置一处。取而观之，见此徐大临诗二种，又笔记、小南村集二种，索价百金，仍毅然收之。以书绝罕而印亦最精也。另有《蟛蜞集》四册，清初刻，已为西谛留下，不能夺之也。近日书价腾贵，余亦不吝重价收之。前得吴铭道《复古诗》四册，索价六十金，已为前此未有之高价，则此四册书尚不为昂也。近理箧藏，清集之康熙刻者有百五十种，亦聊可观览矣。故籍日少，书价日昂，不知今后尚能聚集若干，书此不禁慨然。丁酉上元夜。

《乙未亭诗集》六卷，长洲徐昂发大临撰。康熙刻。十一行，二十一字。白口，左右双边。慕庐韩菼序，目录。扉叶黄云龙腊笺，题桂森堂藏板。

秋水集

此严荪友集亦清初别集中名物也。悬想十年，终艰一遇。今日无意中见之古书肆中，亟携之归，与纳兰《通志堂集》并储。真为好事之尤。同得尚有沈去矜《东江集钞》，项刻《绝妙好词》，吴源起刻《杜工部诗》，皆清初原刻精印之本。又张叔未八砖精舍藏原刻东里生《烬余集》，振绮堂刻汪端《自然好学斋集》，黄图珌《看山阁集》。并记之，己亥三月初十日，黄裳记。

此集入禁网。江宁布政使刻奏缴咨禁书目中列督部堂萨锡知无锡金匮二县查缴禁书三种：绳孙所著《秋水集》《明史列传》二种，子严泓撰《青梧集》一种。不言何以当禁也。当以明珠事败牵连及之耳。乙巳中秋后一日，黄裳记。

此集前当尚有竹垞一序，不知何以未刻。序文具见《曝书亭集》卷三十七。

邓文如《清诗纪事初编》未著录此本，知罕见也。近撰清初文网史，乃检此册。其实无多违碍，应制诗不少，且抬头恭谨，俯首进言，不知何以干新朝之大忌也。必因明珠徐乾学事得罪，可无疑也。丙寅冬十一月初八日，黄裳。

《秋水集》十卷，勾吴严绳孙撰，康熙刻。九行，十九字。白口，左右双边。版心下有佚亭二字。卷九之十为词。前有昆山同学弟叶方蔼原序，丰南同学弟吴绮序。扉叶大书书名，又“锡山严藕渔先生著”“雨青草堂藏板”。

陈岩野先生集

此《陈岩野集》存卷前三卷，得于吴下文学山房。估人执以为永历刻，索重直去，实康熙中刻也，罕传，谢氏《晚明史籍考》著录一本，海盐朱氏有之，凡四卷。彭士望序云“先生殉难二十九年始见遗集于恭尹许”，刊刻当在康熙十五年前后。惟诸传状制诰俱大书永历年号，无少避忌，是无妨视之为永历刻也。余家有旧刻恭尹诗，当同装并储之。甲午十月廿三日，试乾隆御制墨书。

得此书后半月，更收旧钞冯甦《见闻随笔》及《殷顽杂传》十二首，中有邦彦传，与行状颇有异处，当并观之。甲午十一月初八日，重装前记。黄裳小燕。

此书得之吴下文学山房。时小燕方理发于观前，余无事，至书坊观书，检得此本。索三十金，即掷与之，挟之而返，小燕梳洗尚未毕也。此豪举，当时必为肆估所笑。癸卯新正更跋，黄裳记。

《陈岩野先生集》，存卷前三卷，康熙刻。九行，二十字。白口，左右双边。大题下属门人何绛录。前有南昌彭士望躬庵叙。卷前一有子恭尹撰行状，门人薛始亨撰传，门人屈大均撰传。卷前二附录恤典各疏，子恭尹书后。卷前三为永历三年九月诰命二通。

古香楼稿

年来余所收休宁汪氏古香楼藏书不下数十种，又得《裘杼楼藏书目》底册及所刊唱和家集凡六七种，犹未见此《古香楼稿》。昨日石麒告，甬上估人林某又持故书多种来沪，余即往访，以巨直得天一阁残本八册以归。以知尚有此集，今日遂又冲寒过之，手自携归，钤记卷耑，并记余书癖之深，可作他日笑柄也。壬辰十一月廿三日。

《古香楼吟稿》三卷，休阳汪文柏柯庭著。康熙刻。九行，十九字。上下黑口，左右双边。前有四明同学弟万斯同序，辛巳吴兴同学弟温睿临题于燕台旅馆序，武林王晫、吴门黄玢、臧廷鑑、魏坤、鸳水沈兆麟书前。

《西山纪游诗》，休阳汪文柏柯庭撰。康熙刻。行款同前。前有康熙辛巳深雪释超永序，辛巳温睿临序，北平吴穆题辞。曹曰瑛、茅林士跋。

《古香楼词稿》，休阳汪文柏柯庭撰。康熙刻，行款同前。张光曙序，黄容序。

《平北颂》，候补兵马司指挥臣汪文柏撰。康熙刻，行款同前。

春堂行笈编庚寅

丁酉中秋前四日所收，黄裳。

书被掠后十年，始还故主，感慨记之。埴尚有《不下带编》《巾箱说》二书，近日重印，漫读一过，杂记近事及诗话等，虽非下劣，亦无胜义。知诗篇颇富，然不传。此戋戋小册，存诗八题，殆仅存者矣。《不下带编》属山阴，原字苑孙，又属鳏鳏子。书中多注四声，与此册中有圈掷者同。癸亥清明前三日漫记。明日将去吴下。黄裳。

《春堂行笈编庚寅》，会稽壑门郑孺子金埴著。稿本，八行，二十四字。封面题“近诗十六首呈政，秦淮后游词求跋”。下钤二朱印：“金埴之印”（白方），“小郑”（朱方）。有周汝昌跋：“此册裳弟收于丁酉秋月。余说梦考芹，多赖借瓻。去岁复以数书见示，而此册在焉。展卷叹为佳绝。中数及楝亭，而余尤喜其写金陵苑家茶廊等句，令人想见秦淮风物于三百年下。又叹能收此等秘笈者，其人盖可谓不俗矣。乙巳清明后，解味道人漫记于京寓。”

泊斋集

此方外人诗，罕传。《北平图书馆善本乙目》著录。师姓吴氏，一字旅三，毗陵人。集三卷，为诗、偈、赞、对、杂著。其赞平阳木国师，为弘觉作也。赞不容口，可见声势显赫，为禅门霸主。其言曰："禅安万善，说法紫宸，龙颜大悦，赐以嘉名，气吞佛祖，声振乾坤"，几于不词矣。诗无足观，只以稀见存之。戊寅立冬前三日，和暖如秋初也。

《泊斋集》三卷，盐官沙门元尹宇亭著。海宁查云标学庵阅，陈邦怀栖霞梓。康熙刻，十行，二十一字。白口，每半叶四周双边。梵箧式。前有许汝霖序，康熙戊戌陈勋序，陈世仁序，康熙庚子徐有纬序，康熙庚子紫薇山人施谦兰坨氏序，海角头陀元尹自序，总目。

佳山堂诗

癸巳春初二月十二日，买此乡人冯氏诗集。四库著录只十卷，二集九卷则罕传。序跋累累，清初胜流几都罗列在内矣。黄裳。

得此后十年，得过益都，曾访冯氏旧园，尚有堂屋一楹、湖石三四，三百年后，遗址仅存，实为大幸。更记。

《佳山堂诗集》十卷，益都冯溥易斋著，下列门人较字二人一行，每卷不同。康熙古吴朱士儒梓。九行，十九字。上下黑口，左右双边。前有弟源济序诗，康熙庚申高珩序，云中年弟魏象枢序，宛陵施闰章序，李天馥序，康熙十九年门人曹禾序，壬戌梁清标序，门下士王士禛序。以下旧序，撰者陈玉瑾、徐乾学、方象瑛、黄与坚、陈维崧、汪懋麟、王嗣槐、毛奇龄也。目录。康熙庚申毛端士、陆棻、毛奇龄后序。

《佳山堂诗二集》九卷，康熙庚申吴任臣、金陵受业门人倪灿、徐嘉炎、徐釚后序。

陈元孝诗

余久求《独漉堂集》未得，先获永历刻《陈岩野集》残本于吴下，首三卷传状独全。癸巳三月更得此元孝诗以俪之，甚快事也。此为汪观选本，不只此一家诗，少而精，元孝诗不多用典而清丽独绝。其论三家诗曰：“翁山江海之水也，药亭瀑布之水也，余幽涧之水也。”其自评如是。七律有一题曰：“屈翁山薄游代州，镇将赵君妻以姊子，本秦人也。读其白母书，诗以寄怀。”可为翁山行止注脚，句云：“塞垣提剑欲从谁，边草年年只早衰。乌鸟私情愁日短，雁门书札叹秋迟。新为夫婿逢秦女，自写佳人入楚词。旦夕彩衣还侍养，一双飞作凤来仪。”集中又有《狱中杂记》四诗，元孝康熙十七年以事系狱，有句云：“东海仍秦帝，南冠号楚囚”，“举世悲先烈，虚名萃眇身”，当与故国遗臣名父之子奔走兴复之事有关，遗民心事不可掩也。戊寅秋日。

《元孝诗》四卷，罗浮陈恭尹元孝著，休宁汪观瞻侯选，康熙刻。八行，十九字。白口，左右双边。版心下有静远堂三字。前有汪观序。

六峰阁诗稿

乙未小雪日得于郭石麒许，黄裳记。

稻孙为竹垞孙西畯子。少时禀承庭诰，祖父之客，来登潜采堂者，类皆当代名流。稻孙周旋函丈，濡染有素。少而能诗。朱氏祖孙三代有集，盛事也。与曹楝亭颇有往还，以曹寅曾为竹垞刊《曝书亭集》也。卷二有奉和曹荔轩先生思仲轩诗，又呈荔轩先生三首，有句云："古道谁能及，惟公德最饶。麦舟怜故旧，枣木任镌雕。风荷帡幪厚，今愁风雨飘。无文惭濩落，昂首望云霄。"三世交谊，感激之情如见。辑楝亭遗事者，皆未见此，此集流传之罕可知。戊寅秋日记。

《六峰阁诗稿》四卷，秀水朱稻孙稼翁撰。康熙刻。十二行，二十三字。白口，左右双边。前有初白老人查慎行序，时年六十有九。又康熙乙未匠门张大受日容氏序。

储汜云诗集

储内宜兴著姓，汜云祖瑴贻，从祖在陆皆一时名宿。曾祖象岩，撰《留都见闻录》，家蓄女乐二部，有楼在室之西偏，自题壁曰："溪头云影催诗雨，屋角晴岚补画山。"既而易题曰："数茎鹤发愁中短，几许蛾眉梦里长。"家绣衣坊，后俱零落。汜云师邵青门，进而交宋商丘，俱有投赠。诗清新隽永，生平不多外出，所咏皆荆溪山水。集甚罕传，无著录者。戊寅秋日记。

《浮青水榭诗》四卷，《涉江集》一卷，《吴榜集》一卷，宜兴储雄文汜云著。康熙刻。十行，二十一字。白口，左右双边。前有康熙甲申宋荦序。涉江吴榜二集，半叶十行，行十九字。有庚寅顾贞观序。

桐野诗集

甲午春三月上浣收。

起渭康熙三十三年进士，由检讨官至詹事府詹事，卒于五十二年，年五十。陈田黔《诗纪略》后编《小传》云：《桐野诗集》四卷，为丁丑迄甲午之诗。此集不分卷，刻于身后。陈田盛称其诗，谓可分渔洋竹垞之席，则以乡人为过情之誉也。此集传世不多，亦以其诗不必好耳。丙申雨水前一日，来燕榭书。

《桐野诗集》，贵阳周起渭渔璜撰。康熙刻。十行，十九字。白口，单边。前有康熙五十四年江都郭元釪序，康熙乙未平乐陈允恭序，目录。

桂留堂集

丁酉四月初十日收于来青阁。旧目著录《文集》十卷，《诗集》八卷，《诗二集》四卷。此本《文集》不分卷，《诗集》七卷附《室人撰余香草》一卷，殆是初刻也。黄裳记。来燕榭坐雨书。

《桂留堂集》不分卷，《诗集》七卷。云门吴之騄达庵著。康熙刻。九行，二十字。白口双边。诗集前有虎观凌波仙子旧序，尤侗序，同年兄世杰万子序，次参订姓氏。目录。附《余香草》，歙浦汪是贞庵著。文集前有曹贞吉序，康熙己巳自序。

挹奎楼选稿

丙申五月初二日，午后过市，得此本并《董苍水集》以归。皆清初人集罕遇难求之册，为云间唐氏所藏，余得其家书不少，皆精善而无旧板，亦浙中藏书风气也。黄裳小燕。

西仲顺治十五年进士，官徽州府推官。康熙六年以裁缺归，十三年为耿精忠所囚，逾二年得释。居杭，以卖文为活。此集外别有《损斋焚余》十卷，《吴山彀音》八卷。近人周绍良藏所制郢碧墨，形制甚古，为真实斋程公瑜代制，与尊胜幢颇类，当即官徽郡时所治也。丙午九月廿四日。

《挹奎楼选稿》十二卷，晋安林云铭西仲著，甬上仇兆鳌沧柱选，同里陈一夔濒水订。康熙刻。九行，二十二字。白口，左右双边。康熙丙子仇兆鳌序。扉叶有晋安受业郑晃识语四行："先生著书等身，无不别具手眼，发前人所未发。此海内共知也。所作诗文皆吞吐英华，浸淫酝郁，纵横百家，莫可端倪。而大旨归本于主持世教。兹将损斋焚余十卷吴山彀音八卷精选流布，其中众体毕备，诸法具该，诚名山之大业，艺坛之鼓吹也。有识者当共快心云。”此亦广告之类也。收藏有“循陔书屋”（朱长）、“古娄唐模梧荪校勘书籍章”（朱方）、“唐印天溥”（白方）、“如庵”（朱方）。

南疑集

此沈客子集原刊本，颇罕传，得之当湖旧肆。时方客茉堂朱氏。此书后有跋，云邑中传本只葛氏本及此册，葛氏书已毁于兵火，是此为仅存之册矣。壬辰闰五月，黄裳。

此书得之六十年前，时客当湖，居朱氏故宅，暇访书市上，绝无摊肆，只旧货铺尚时有破书，然无可当意者。此册并万历刻《王状元批评南琵琶记》同得。《琵琶记》已后印，箧中已有一本。此册则罕见可珍，掷五金与之，估人大喜，以为豪客。遂数数来访，一时废铜旧钱、破烂字画，都持之来，无一可取，甚可笑也。后二年又过当湖，此估仍在，以原刻《槜李诗》系一部见售，亦沈南疑撰。后三游其地，乃得旧抄邝湛若《赤雅》，有陆子章印记。余得书于当湖，只此而已，然皆是乡邦文献也。戊戌十一月十一日，晴窗曝日书。黄裳。

《南疑集》，自庚戌起至已未止。不分卷，以诗体各为起讫。当湖沈季友客子一字南疑稿。康熙刻。九行，二十字。白口，左右双边。前有遍行今释序，手书上板。次蒋大鸿毛大可等评语。目次。收藏有“兰卿书画记”（朱文联珠印）。有铁华跋。

尺五堂诗删

我斯归安人，康熙三年以一甲第一人及第。年未六十，乞身归里。诗初刻为康熙三年至十五年诗，近刻为十六年至二十六年诗。诗多颂圣，相与倡酬以徐健庵、何义门为多。有《喜吴汉槎入关诗》。诗少奇句，亦不及时政民隐，遂无多故实可寻。别有《述祖汇略》一编则记家世之作也。丙申早秋，得之海上记。

《尺五堂诗删初刻》六卷近刻四卷，苕上严我斯存庵著。康熙刻。十一行，二十字。上下黑口，左右双边。初刻前有康熙十五年自序，康熙丙午柏乡魏裔介旧序。近刻有康熙二十七年自序。收藏有“别号稼堂”（白方）、“稻乡主人”（朱方）、“木瘿”（白方）、“木末”（朱方）、“尺五楼吕氏聚书印”（朱长）。

大观党文集

丁酉小满后一日海上所收。黄裳记。来燕榭灯下坐雨书。

浣公顺治壬辰进士，为名御史。奏疏三卷，清初大政，多所论列。如军需浩繁、浙省驻防、河防利弊诸疏。于中可觇民生荣瘁，地方利弊，良史料也。诗非所长，而喜为记叙之文。五泄为其故乡胜迹，为文详记之。蜂记、蚁记，皆能细体物情。《甲申南旋逸事记》，则乱中行旅之实录也，不愧清初名集，有裨考史者。戊寅霜降日，重展漫记。

《大观堂文集》二十二卷，首一卷。暨阳余缙浣公甫著，康熙刻。九行，二十字。白口，左右双边。前有康熙甲申赐进士第、光禄大夫、巡抚浙江等处提督军务、兵部右侍郎兼都察院右副都御史加五级年侄山右张泰交序，康熙乙酉年侄陈悦旦序，次目录。会稽姜垚御史余公传，姚江黄宗羲撰墓志铭，次子毓泳等撰行略。

来燕榭读书记　卷六

姜西溟先生文钞

西溟文二老阁刻未定稿传本不少，而此刻则颇罕见。刊刻亦精，堪与旧藏《苇间诗稿》并储也。书刊于武林，系艺风堂中旧物，余得之湖壖大观斋书肆。好春良夜，旅寓展阅，心目为爽。归沪作记。丁酉三月十六日，来燕榭晴窗识。

二十余年前，杭州书市尚盛。时有故家所储零种，叶名澧所藏尤多，包子庄物亦常有。丁酉春日偕燕游湖上，居西泠旅舍。暇过湖壖，买书不少。有明黑口残本《周忱集》一册最佳。归沪未几而难作。自此二十年不去湖上，亦不再买书矣。春寒展卷及此，感慨记之。癸亥正月十一日。

《姜西溟先生文钞》四卷，南兰后学赵侗斆编梓。乾隆刻。十二行，二十四字。上下黑口，四周双边。“乾隆四年七月望日南兰后学赵侗斆谨识于武林鹾署”序，次郑羽逵姜湛园先生传，次目录。收藏有“云轮阁”（朱长）、“荃荪”（朱长）。

完玉堂诗集

此清初名释诗，凡十集。椠刻精绝。诸家藏目皆无著录。五年前得一册于湖上，只存前半，珍重装潢藏之。久欲觅一全本而无有也。今日天雨无聊，过市观书，不意得之，可为快事，因记。丁酉小满后日。

丙午二月廿八日，漫阅借公诗。颇不凡俗，有蔬笋气而无禅和恶味。和尚为弘觉冢孙，天岳本昼真子，蒙康熙帝隆遇，待诏阙下，洗钵京华，有京师百咏，纪旧迹风物甚详，最为佳制。又有上恒亲王诗，知亦结交亲贵，非尽萧闲容与。然所交天下名士綦众，多有酬赠。怀古登临，绝少故国之思，是集盖无异新蒲绿也。集刊刻精甚，大似项氏群玉书堂本，疑是康熙晚岁刊，检卷中真字俱缺笔，则已在雍正中矣。黄裳记于来燕榭中。

《完玉堂诗集》十卷，浙西释元璟借山撰。雍正刻。十一行，二十一字。白口，左右双边。前有自序，次汪钝翁、翁埜园、吴日千、董苍水、陆我谋、毛大可、盛宜山、陆南田、卢文子、沈覃九、王阮亭、吴天章、沈客子、朱竹垞、洪昉思、顾书宣、宋介三、唐东江、余鸿客、孙松坪、吕无党、刘东郊、查查田、惠天牧、张吟樵、王丹史、卢仲山、陆坡星等题辞。十卷为《东湖集》《名山集》《红椒集》《紫柏集》《太白集》《绿琼集》《京师百咏》《晚香集》《黄琮集》《鹤南集》。

竹叶庵文集

商言词余旧收一本，题《碧箫词》，刊刻精绝，大类汲古阁本。此集虽题文集，实皆诗词，前曾一遇，以中有缺卷未收。今日小除夕，过市观书，惊喜获此，是徐紫珊故物，寒木春华馆一印，此为初见。漫识，丙申腊月廿九日，黄裳小燕记于来燕榭。

戊戌十一月廿三日，夜坐读此卷未竟，燕数促卧，遂就寝。寒宵苦短，今晨近午始兴，仍炙砚续读，并记。来燕榭书。

庚戌五月廿七日，归自江上，雨近十日不止，檐际又淅沥有声，研朱阅瘦铜山人诗，自可破闷。卷中故实不少，乾隆朝士生涯约略在是矣。黄裳记。

卷二十三有“新安令李南磵文藻遗像二首”，其二云：“东原（戴震）病误石膏凉，可惜通儒信汉方。那道伤生李南磵，荔支三百中膏肓。”戴李死状，前人皆未记之，自是绝妙掌故。卷八“题马士英画二首，即王阮亭尚书所题诗之帧，今陆丹叔同年藏之”：“此君作画题辛未，门馆清闲消夏宜。尚是江南无事日，未曾庐凤督师时。”“一般不骂杨龙友，桃叶江声骂汝多。剩水残山能几笔，六朝难画画陂陀。”为马士英画之见于题咏者。年来泛览，清初此题只得三数首，自亦可珍。龙友之幸免于清议，桃花扇与有力焉。然梅村已有夜半新林之句矣。知清初议论固有不同。戊寅秋日记。

徐紫珊一时名士，所藏书喜以朱笔断句而多误读。如此序《西征集》改为南征，则又不识字也。余别藏徐乾学集，亦徐氏藏，亦以朱笔点句，改书中字为帖体，同一错谬，事甚可怪。因知所谓名士，往往如此，甚可笑也。甲辰残腊读记。

《竹叶庵文集》三十三卷，吴县张埙商言撰。乾隆刻。十二行，二十四字。上下黑口，单边。前有旧序七通，次目录，后有识语：“乾隆五十一年岁次丙午四月开雕，十二月工竣。”收藏有“曾为徐紫珊所藏”（朱长）、“上海徐氏寒木春华馆道光壬午后所藏”（朱方）。

在亭丛稿

此集收得已数年，价颇不廉。清初集部类此者真善本也。客山诗咏归亭集后亦得有一册，似流传较文集为多，价亦远逊。谁谓估人无横通之学耶？此集中苏州织造李煦一传为曹雪芹家世考不可或缺之史料，最可珍重。戊戌秋九灯前读记。小燕。

邓文如《清诗纪事初编》记果事甚详，为手录一过。略云："诗集身后沈德潜为删存四百一十五首。果与德潜同出横山叶燮之门，齐名称沈李。然德潜制行不足以望果，诗文疏陋亦相去远甚，集中不朽之作必有因忌讳而删者。"是所以删削之余诗集遂不足观也。德潜妄人，喜删易人诗句，最为恶行。文如先生所论极是。天寒手僵冻，颇不便作书，书亦拙甚。狼毫亦垂尽，只墨甚佳。乾隆二品，嘉庆一品和之，皆名制。窗上冰凌堆集，小园一望皆白，积雪二寸许，海上已久无此景色矣。戊申腊月十四日，灯前记。

《在亭丛稿》十二卷，长洲李果硕夫撰。乾隆刻。

十行，二十一字。白口，左右双边。前有康熙辛丑杜诏、周准旧序，乾隆七年尤秉元序，乾隆十五年觉罗雅尔哈善序，沈德潜序，乾隆十年韩孝基序，总目。

学福斋集

此沈大成集，乾隆刻本，亦清朴学家集罕遇难求之册，偶见于沪市，破敝已甚，仍得之归，当重装藏之。丁酉三月初九日，黄裳记。

近河南出曹雪芹画像一帧，卷中人黑而肥。后有尹继善题诗，在尹集中，题为赠俞楚江作。人多疑非雪芹照也。此集中有三文及楚江，云：“当相国尹公总制两江时，楚江为上客。”哭俞楚江文，云：“（楚江）长身锐头，玉立峨峨，慷慨激昂，磊落英多。”是与画像矮而肥者大异，像中人非楚江，彰彰明甚。是此像册或是雪芹真面未可定也。戊寅霜降前四日，阴晦作寒，黄裳记。

《学福斋集》二十卷，云间沈大成学子撰。乾隆刻。十行，二十一字。上下黑口，左右双边。前有新安程晋芳序，乾隆辛卯同郡张凤孙序，乾隆三十五年楚阳后学任大椿序，惠栋序。每卷前有目。

饴山诗集

此《赵秋谷集》为毛叔美红豆书楼藏本，余见之传薪书店案头，即购之归。余向不为乡曲之见，于乡贤著述少有收储。只有李南涧旧藏嘉靖本《宋文鉴》而已。今夏漫游鲁南，曾两过青州，亦无缘一睹故乡景色。今买此小册，亦聊存故迹耳。毛叔美与荛翁友善，余得其家藏书有旧抄《珊瑚木难》《苏子美集》，今并此而三矣。辛卯九月初三日记。

秋谷因长生殿罢官，集中有《寄洪昉思诗》及《上元观演长生殿十绝句》，皆道此事。又有怀旧诗，有小序，其洪昇一首序云："钱塘洪昇昉思，故名族。遘患难，携家居长安中，殊有学识。其诗引绳切墨，不顺时趋。虽及阮翁之门，而意见多不合，朝贵亦轻之，鲜与还往。才力本弱，篇幅窘狭，津津自喜而已。见余诗大惊服，遂求为友。久之，以填词显。颇依傍前人，其音律谐适，利于歌喉。最后为长生殿传奇，甚有名。余实助成之。非时唱演，观者如云，而言者独劾余。余至考功，一身任之，褫还田里。坐客皆得免。昉思亦被逐归，前难旋释，反得安便。余游吴越间两见之，情好如故。后闻其饮郭外客舟中，醉后失足坠水溺而死。"叙昉思事颇详悉，且以老辈自居，不甚重其诗，惟许其传奇。岂意三百年后，昉思得名，远逾秋谷，亦非其意料所及耳。戊寅十月初八日记。

《饴山诗集》二十卷。青州赵执信撰。乾隆壬申因园刻。十行，二十一字。白口，单边。乾隆壬辰彭启丰序，甲戌德州门下后学卢见曾序。河中吴雯并门集序，罗浮陈恭尹观海集序，无想道人礦庵集自序。收藏有“庆善字叔美印”（白方）、“叔美经眼”（朱长）、“叔美”（朱方）、“红豆书楼”（白方）。

放鸭亭小稿

此陆渟川集，传世绝罕。此本犹是焦里堂藏书，卷中墨笔校改，皆手迹也。书眉间有选字。已为妄人割去，殆当日选集乡邦诗文底册也。近收南陵徐氏旧藏诗余百许种于侯官林氏，中有此书，以词而获存，亦可谓之胜缘矣。乙未九月初三日，来燕榭记。

此本七年前掠去，转入上海图书馆，为重付装池。此馆曾刊旧本书影，选及此书，亦知其罕遇而难求也。此本尚是焦里堂家书，有其手迹，固非寻常之物。灯前展卷，漫记数语，庚申芒种前日，黄裳记。

渟川喜刻书，多善本。此集写刻，杂以行草，亦是别格，于清刻精本中不多见也。

《放鸭亭小稿附环溪词》，江都陆锺辉渟川著。乾隆刻。十一行，十九字。白口，单边。前有乾隆辛巳范家相序。收藏有“焦氏藏书”（白方）、“郑道乾珍藏印”（朱长）、“健盦”（朱方）、“郑道乾印”（白方）。

巢林集

丁酉大暑节所收，黄裳记。

近人歙人。富溪村在县之三十一都。寄居扬州，生康熙二十五年，卒乾隆廿四年，得年七十四。此集卷一之四为雍正末至乾隆八年之作。卷五以后皆乾隆九年后作。近人先自编四卷诗，倩陈撰序之。至十六年续编三卷成，始缮写付刻。刻资亦得马曰琯助，刊成板片即藏小玲珑山馆。后归杭州金竹箨，曾于道光十三年重印。其本后有金世禄金楷跋。此初印本世不常见，见重印本遂疑为道光刻也。世又传近人师事冬心，实误。冬心后近人一年生，以友及先生称之。冬心印章亦多出汪手。士慎于六十七岁失明，家道益困，然仍能作狂草大字。冬心曾有诗述其事。以上琐琐皆卞孝萱所考，颇精确。因为移录于此。乙巳四月廿八日，黄裳记。

近于古书肆又见一本，抚印亦佳。后有道光中懒云草堂金氏跋尾。知此书板片与《两峰诗存》同归竹箨，重印以行者。此是原刻初印之本，可珍重也。壬戌献岁日，黄裳记。

《巢林集》七卷，富溪汪士慎近人撰。乾隆刻。十行，十九字。上下黑线口，左右双边。前有乾隆甲子陈撰序。次总目。次小象，高翔赞。收藏有“风雨楼”（朱方）、“海山观金石书画印”（白长）、“仲陶所藏”（朱方）、“诗翰斋”（朱长）。有旧人墨笔跋：

“此巢林先生手自写刻本，小楷秀逸古媚，深得锺元常神髓。曩见先生画梅小幅，题句笔迹，一如此书。先生人品诗字皆清绝，如寒蝉饮露，孤花自芳，令人生幽远之思。余吟诵十日，不忍释手。戊辰四月，晚残记。”

西庄始存稿

今年七月间徐贾绍樵携故书五七种来，云得之故家者。其人嘉定籍，近移所藏来沪，绝不知书，陆续售去。余得其三四种，有康熙刻《吴六益诗》，颇可喜也。此《西庄始存稿》亦其中之一。以无词集退还之，后颇悔其轻弃，以此为初刻之本，卷四十至四十一尚未镌就也。书亦罕传，绝少著录。今日过市，见此本仍杂厕案上，因即论价携归，快事也。卷前有汪镜汀二印，知亦艺芸精舍中物，是在当时已为藏家珍重如此，况二百余年后耶。少有蠹损，当命工重装之。并记得书端末于此。乙未除夕，黄裳小燕记于来燕榭。

细检原书，卷十八为长短句，与目不合，不知何也。岂目刻成而全集更有正定耶。更记。

癸卯中秋，小病初起，夜携妇将雏，观灯淮海路上，归来阅毕此第九卷。清人集中往往有此种风土纪事诗，有好事者辑成一书，亦可补地志之遗也。

己酉冬日，更阅一过。西庄诗不甚佳，此卷却有致。小记尤妙。学人习性，遇事考索，往往有出地志外者，是可重也。惟无一语及侯氏故实，可见文网之密，使人结舌，可为一叹。

余所藏清集甚富，然精本不过百许种。顺康诸老外，当以乾嘉经师、名士画人集为最可珍重。此《西沚集》流传尤罕。书与目亦未合，盖当时刊成，未经厘定之册也。西庄不以诗文胜，然卷中有《练祁杂咏》数十首，琐琐记乡土故事，则殊可读。非史学考据家必不肯注意及此，俨然一嘉定小志也。冬晴理书，漫记。癸亥腊月十四日，黄裳记。

《西庄始存稿》三十九卷，乾隆刻。十行，十九字，白口，左右双边。前有乾隆乙酉受业门人宣城张焘序，乾隆丙戌受业门人汉阳萧芝序。次总目，凡四十卷又附一卷，为家传十六首及长短句四十七首，俱注嗣刻二字。今长短句为卷十八，知刊成又有更定也。收藏有“汪澂之印”（白朱文方印）、“镜汀”（朱方）。

圭美堂集

甲午七月吴下玄妙观收，携归桃花坞妇家，偶发箧得旧印如干方，皆当湖朱氏旧物，因漫钤卷首。燕。

徐君诗文俱恶，人品更不足道。忆汪无已随笔中曾记其无耻行径，于安溪李氏更卑屈之至。然颇知书法板片故事，所跋诸帖之文颇可证流转踪迹，近徐森玉丈撰文考证宋拓丛帖，曾引其说，知亦不可废也。甲辰春分日，微雨薄寒，检书及此，漫阅一过因记。黄裳。

《圭美堂集》二十六卷，宿迁徐用锡昼堂撰。乾隆刻。九行，二十一字。白口，左右双边。长白年眷弟阿克敦序，宁化后学雷鋐序，目录。目后有乾隆戊辰受业周毓崙跋。卷末有受业侄铎跋。

蕴愫阁全集

丁酉春三月初八日收此盛大士全集五种三十三卷，传本甚稀，可为珍重。《啸雨草堂集》盛徵屿撰，此本无之，当俟续访。夜归来燕榭中记。

《啸雨草堂集》后亦收得，为言言斋故物，最是快事。《溪山卧游录》亦得原刻一本，则沈芳圃家书也。小燕。

来青阁估人得书数十种于言言斋，余选得三种。此册外《卢雅雨出塞集》与鲍刻《汪水云》二种，皆精妙可爱。尤妙者此册为盛子履才子所著，与《蕴愫阁全集》同刻，全集余前收一本于海上，惜未附有此。何幸今日得更收之。三日前于别肆得子履《溪山卧游录》四卷。于此书林寂寞之日，乃聚盛氏一家所著于数日中，长恩默佑，此事殆不虚已。灯前展卷，快跋数行，拂意之事乃都忘之矣。呵呵。丁酉七月十五日黄裳小燕来燕榭灯下记。

《蕴愫阁诗集》十二卷，《诗续集》九卷，《琴竹山庄乐府》二卷，《文集》六卷，《别集》四卷，镇洋盛大士子履撰。道光刻。十一行，二十二字。上下黑口，左右双边。前有总目一叶，有道光十二年山阳受业李续香全集总序。嘉庆甲戌汪彦博诗集序二通，徐元润序，自序，彭兆荪、黄安涛题辞。道光元年许肇祁后序。诗续集前有郭麐序，汪慎序，自序。毛岳生评。文集前有自序，别集前有自序。

《啸雨草堂集》前有郭麐序，李续香撰《太仓盛小云文学传》，丁晏撰哀辞，诗评，目录，达麟跋。

收藏有“吴兴周越然藏书之印”（朱方）、“曾留吴兴周氏言言斋”（白长）、“越然”（朱长）。

香叶草堂诗存

此罗两峰诗十年前得于徐汇唐肆。刊刻精雅而复罕传，后八年更收一白纸本，不如此之阔大也。两峰诗自有标格，脱去甜熟一路，画人中堪称作手，乃不惮数数读也。甲午初冬重跋。

丙申之秋，薄游滇南。于昆明市上买得旧抄白下集一册，亦两峰诗也。系客金陵时作，写手甚旧，归而检对此册，合者十三四，余已刊落矣。戊戌八月廿六日记。

《白下集》行书瘦劲，友人之多见两峰手迹者，定为遯夫手稿。癸卯中伏，灯下记。

此本刻于嘉庆初元，版片后归小研金竹簃，道光中重印以行。前加一序。余藏白下集，前有金氏懒云草堂二印，知亦一家眷属也。庚子正月初三夜灯下书，黄裳。

《香叶草堂诗存》，扬州罗聘遯夫氏著。乾嘉间刻。九行，十六字。白口，单边。嘉庆元年桂馥弁首。道光十四年金楷重印序。嘉庆元年吴锡麒序，乾隆六十年翁方纲序。

雕菰楼集

此焦仲轩及子虎玉集，阮福所刊。校印俱精，尚是叶氏平安馆故物，石麒得于四明故家，余又从而得之者。所获书凡十许种，佳者惟有此耳。壬辰十月初八日，小雁。

《雕菰集》二十四卷，江都焦循著。道光四年阮福校刊于岭南节署。十行，二十一字，上下黑口，左右双边。前有阮元撰《通儒扬州焦君传》，次目录。附《蜜梅花馆诗录》一卷，《文录》一卷，江都焦廷琥虎玉撰。有嘉庆二十年徐熊飞序。末有嘉庆二十二年焦循手订目录并跋。又《雕菰集纪略》。末有阮福跋。收藏有“汉阳叶氏”（白方）、“叶印名澧”（朱方）、“润臣”（朱方）。

清爱堂集

此仁和魏成宪集二十三卷，罕传本也。诸家著录皆未之见，虽近刻实甚罕秘。见于九峰旧庐王氏许，劫余卷册，已无佳品。此杭人遗集，于王氏言为乡邦文献，亦其收储小品之精者。集刻于道光八年，而二十三卷诗终于道光七年，是当时墨板，只有此数，卷数奇零，非不全也。丙申三月十九日，黄裳记。

《清爱堂集》二十三卷，仁和魏成宪宝臣著。道光刻。十一行，二十二字。白口，左右双边。前有自序，属道光八年中秋仁和魏成宪识于学圃之晚香馆，时年七十有三。扉叶题侄谦升编校。卷八有一题云："余将出都，伊墨卿邀同罗两峰聘、法时帆式善、马秋药履泰、汪剑潭端光、李石农銮宣、蒋砺堂攸铦晓过崇效寺看花，归集寒玉斋饯别。"前数日于市上见朱鹤年作崇效寺看花图，即记此会。盖为春松作饯也。春松有诗，当即此。又有伊墨卿罗两峰等题名。成宪与伊秉绶交甚笃，于其死也，有诗悼之，句云："归梦可怜隔秋水，人生何苦死扬州。"

春凫小稿

余六年前见此集及《秋声馆稿》于南陵徐氏，以甚敝旧未收，只得圣几诗以归。后绝不更遇，甚悔交臂之失也。今日过市，见架上有此，初印明丽，远胜积余所藏，亟得之归。书出钱塘俞氏，余前收樊榭《秋林琴雅》之无尽意斋原雕本，亦其家物也。天壤间奇物何限，恨不许王郎尽窥之耳。余岁末必收佳书，近时元明旧椠不更可见，得此亦聊可一快已。戊戌岁不尽前四日，来燕榭志。

此本编年，起雍正三年己巳，迄雍正十二年甲寅，凡十年。《贩书偶记》著录一本，十二卷，则起乾隆七年壬戌，迄十八年癸酉。因知此书陆续刊成，此则最初刻也。当墨板于乾隆初元，读诸序可知。雕椠精甚，纸印明丽，清刻中精品也。甲子小满前五日，晴窗题记。

仁和王曾祥撰符药林《诗集序》，在《静便斋集》卷七，此本未收，于幼鲁出处记之甚详，因研朱移录之。己亥正月初四日下午，黄裳。

此集有火判一题，记京师岁时胜事，清人集中多有之。只此题下小注纪录最详："燕俗抟土为判形，贮煤于腹，穴其窍以吐火。灯夕烧之，群儿奔走若骛，亦京师风景之一也。”戊寅秋日读记。

《春凫小稿》十卷，钱唐符曾幼鲁撰。乾隆刻。十行，二十一字。白口，单边。前有同里学弟陈撰序，雍正十一年郑江序，乾隆元年梅沜弟王藻序，沈德潜序，乾隆元年全祖望序。

橘巢小稿

此吴人王艮甫集，叶菊裳日记中曾及之，以为乡邦文献绝秘之册。余收清初精雕本多矣。似此精刻精印者绝少，纸用罗纹，尤稀见。丙寅正月初五日，重展记，黄裳。

《橘巢小稿》四卷，长洲王世琛艮甫著，乾隆戊寅静致斋刻。九行，十九字。白口，四周双边。前有乾隆甲戌馆后学沈德潜序，同学愚表竹素许廷鑅序。目录。卷尾有乾隆戊寅男恺伯跋。集后有“孙男邦誉敬录”一行，小楷精绝。

严太仆集

思庵此集余已有一本，惟不若此精印明丽耳。此为真州吴氏有福读书堂物，由九峰旧庐散出者，见于徐绍樵许，因得之归。并旧有康熙中精抄本《思庵集》，所储已有三本矣。旧曾有思庵手批苏诗，几每卷后俱有纪事，亦读书人之有风致者，可爱重也。乙未小除日，黄裳记。

缪艺风《烟画东堂小品》中有《思庵闲笔》一卷，小说琐琐，文笔佳妙，胜此集中正宗文字远甚。旧藏钞本《思庵集》为旧山楼物，诗文俱较此为富，易去久矣。箧中惟此本在耳。王绶珊不知书，此集后钤琅园秘笈印，视之为珍异之册，可笑也。己酉残腊，重阅更跋。

吴振棫《养吉斋丛录》云，康熙己丑顺天乡试，李蟠姜宸英为正副主考。思庵为之夤缘纳贿，子侄皆得中式。其子密尚乳臭，为怨家所讦。覆试乾清宫，得不究。是狱李遣戍，姜瘐死。此集祭西溟文，曾微及之。然则思庵亦非端士也，丙午正月初二日来燕榭书。

《严太朴先生集》十二卷，常熟严虞惇思庵著。乾隆绳武堂刻。十一行，二十一字。白口，左右双边。同里蒋廷锡序，乾隆元年杨绳武序，小像，受业门人陈祖范像赞。目录，目后有男鋆跋。后有墓表。收藏有“真州吴氏有福读书堂藏书”（朱方）。

贞一斋集

乙未好春三月上浣吴下所收。黄裳记。

此两册书拣得于吴下玄妙观旧肆，未以为佳册也。后见《上海市文管会善本书目》中有之，乃知见重于时人也。然当时弃物类此者何限，恨无地以储之耳。庚戌三月廿二日。

此玄妙观中李德元物，其肆杂乱册籍零散满地，今日视之，皆为佳册矣。此亦书林一小沧桑也。乙丑腊月初十日，重展记。

《贞一斋集》十卷，续集诗说附。吴江李重华玉洲撰。乾隆刻。十行，十九字。白口，左右双边。乾隆丙寅沈德潜序，自序。精刻初印阔大。

春雨楼诗略

孙子九乾嘉中诗人也，曾在阮元幕中。余藏陈曼生绘赠朱椒堂山茶花卷子，上有阮伯元、焦里堂、陈文述诸君题诗，九成亦有诗，见此集中。见之如遇故人，即携之归。时丙申岁暮，黄裳记。

《春雨楼诗略》八卷，上元孙韶九成撰。嘉庆刻。十一行，二十一字。白口，左右双边。前有阮元序，嘉庆庚申吴鼒序，嘉庆五年族弟星衍序。次赵翼、阮元、陈廷庆、洪亮吉、陈文述等题词。卷尾有“顾晴崖家锓版”一行，收藏有“毗陵刘氏毅远堂藏书”朱文方印。

看蚕词

癸巳二月初九，春晴佳日，得此册于郭石麒许。并得天启刊《图书编》六十册，极初印，可喜也。黄裳。

前一日余方收得方式济《述本堂集》，附《龙沙纪略》二册，今更得此，快甚。观承为式济长子，有名于时。《述本堂集》为刘宽夫旧藏，更记。雁。

《看蚕词》，桐城方观承宜田撰。乾隆精刻本。九行，十八字。白口，双边。前有雍正丁未叔千里氏騝序，卷首大题后有自为小序，六言诗凡四十章，诗注加详。后有淳安方棨如文辀跋，受业仁和顾光跋，乾隆己巳弟观本跋。收藏有“敬畏堂珍藏”（白方）、“艺风堂藏书”（朱方）、徐乃昌藏书，有手题“南陵徐氏安斋珍藏”。

谦谷集

此《谦谷集》六卷，去岁获之津门。旅寓展读，颇祛岑寂。碧巢为君大父，集中屡及华及堂浮溪馆，皆先人旧迹，又有曝书诗，知至珊立时家门尚未零替，万卷藏书故在也。集自雍正壬子迄乾隆壬戌，总十一年中诗。刊刻精好，纸用桃花，时珊立年二十九岁也。从子璐似即编定《振绮堂藏书题识》者。庚寅五月廿二日挥汗书。黄裳。

津门旧肆多在梨栈商场中，颇有佳本。余曾得明人蓝格写本《浣花集》及常熟翁氏书数种。此册则三十三年以前所收，开花纸印甚精。汪氏家集余所得甚富，都二十许种，亦是快事。辛酉除夕灯下记。黄裳。

《谦谷集》六卷，秀水汪筠珊立著。乾隆精写刻本。十二行，二十二字。上下黑口，左右双边。前有总目，后有癸亥从子璐跋。扉叶有“裘杼楼”朱文圆印，“华及堂”朱文大方印。

听泉遗诗

今春书市转趋寂寥，估人告硖石故家有书不少，多拜经楼吴氏物，即嘱持来，久而未至，亦淡忘之矣。昨日过市，书忽至，打包观之，果多兔床旧藏，选得数十种。此册前有顾千翁二印，士礼居一印，果然真迹。殆自中吴转归海昌者，罕见著录，清刻之可重者，此种是已。丁酉正月廿七日跋。

《听泉遗诗》三卷，吴江李莒润芝撰，嘉庆刻。十行，十九字。白口，左右双边。前有嘉庆元年秀水张敬胜序，乾隆甲寅宋景龢序，杨蟠序。目录。收藏有“涧苹”（白长）、“广圻私印”（朱长）、“士礼居藏”（白方）、“用拙斋珍藏记”（朱长）。

濡雪堂集

甲午三月初十日，林估乔梁以旧本三十许种见售，此其一也。黄裳记，小雁书。

葭白江都老辈诗人，与樊榭、冬心善，卷中附刻厉诗，有不见于《樊榭山房集》中者。小集写刻甚精，颇罕传，亦清集中俊物也。戊寅白露日题。

《濡雪堂集》三卷，江都余元甲葭白撰。雍正刻。十行，十九字。白口，左右双边。前有厉鹗序，自序，目录。收藏有“抱经楼”白文方印。

从政录

此汪喜孙集，却题《从政录》，几交臂失之。见标直殊昂，遂于架底抽得，亟得之归。余购物每不能知佳否，乃常选价昂者，虽不能每试必验，然常不甚误，以此常为闺中人所笑。不图买书十年，亦仍师此故智也。书囊无底，信然。此本远较述学为罕，余所藏《孤儿编》三卷亦同此阔大，小字精刻。未见者尚有《汪氏学行记》《容甫先生年谱》，安得旦暮更遇之乎。此书写刻俊爽，于清刻中为别格，亦可珍重。同收尚有曹廷栋《昏礼通考》，不图此日尚有此等书，真有意外之喜，因记卷尾。辛丑龙抬头日记于海上，三日后春分矣。黄裳。

《从政录》四卷，甘泉汪喜荀撰。道光刻。十行，二十字。白口，四周双边。页数俱墨丁。前有道光二十一年正月十日钦拣东河户部员外管井田科事乡贡士甘泉汪喜荀自序。次姚祖同题词，阮元书，唐鑑书，林则徐书，顾莼书，戚人镜书，牛鑑书，王赠芳书，徐璈书。林少穆书略云："弟炎州从事，劳拙徒形，防夷尤多棘手。辨理不善之咎，实所难辞。琦节相前来查问，未克抽身，现仍羁寓羊城，正不知何时了结耳。”正禁烟后待罪之时也。卷尾有宋其沅、郭尚先、廖敦行、姚莹、蔡绍江跋。

寤砚斋学文

此康熙刻《寤砚斋集》一册，今春收于吴下玄妙观中，已为妄人涂抹，爰留交装书人重装之，今始寄至，已非原貌矣，喜而记之。乙未三月初六日。

晟字晦夫，号西洮，山阳人。兄曾，字闇士，号唯一。同师万斯选，复因万以师梨洲，传阳山蕺山之学。又师阎若璩，兄弟藏书万卷，研寻经史，黯然自修，不慕荣利。晦夫卒于雍正十三年，年七十七。此学文外尚有《学诗》一卷。晟尝刻《南雷文定三集》而不自刻其集。此二集皆身后儿子为付刻者，在乾隆七年。雕椠精好，前定为康熙刻者殊误，记此正文。丙午献岁后第二日。

《寤砚斋学文》，淮山戴晟晦夫著。乾隆刻。九行，二十字。上下黑口，左右双边。版心题《寤砚斋集》。前有癸酉姚江九袠病叟老友黄宗羲序，戊午同学世弟甬东万经授一氏序，同里刘士观序，蒋凤池序。

看云吟稿

此震泽张氏诗，原装六册而轶去卷十五，不知何也。以其为画人集且镌刻精好，罕见流传，仍出石米易之。同来者有张芙川旧藏抄本《书法钩玄》乃最佳也。乙未后三月，黄裳记。

《看云吟稿》二十四卷，震泽张栋鸿勋撰。乾隆刻。十行，十九字。白口，双边。有乾隆甲申仁和沈廷芳序，会稽周长发序，沈德潜序，李重华序，陈浩序，傅王露序，齐召南序，刘大魁序。次看云先生小照，杭世骏题赞，朱芳蔼书。次题词。有“吟眺涤尘楼”朱文长印，看云自用印也。

砚林诗集

甲午三月初十日，浓春收此。小燕。

敬身雪中西湖诗有“顿教城郭生新态，未许江湖识旧颜”句，下有小注：“展眺江湖，但茫茫一白而已。”十年前岁晚，居湖上半月。一夕大雪，夜半自歌场出，经行湖畔，一望弥白，饮于酒楼，甚快事也，至今不忘。明日雪晴，乘兴独游南山，负暄烟霞洞畔，闻涧底雪融泉响，正敬身“明朝日上吾尤爱，来听溪流响珮环”句意也。丙午上元夜。

卷二一诗题曰：“雪中集南华堂，赵谷林兄弟出观蜀广政石经毛诗残本，宋廖莹中世彩堂刻韩集作。”案宋刻韩柳二集之世彩堂本，纸墨特精妙。由陈澄中家流出，今在京师。曾一观，似非小山堂故物。神物或有二本，未可知也。

砚林诗集卷二有“祁忠敏公寓山庄（水次有碑刻祁忠敏公殉节处）”一题，诗云：“满眼云山拱废墙，舟人指点寓山庄。入门荷影小桥净，隔牖松声短阁荒。皎皎臣心秋水在，绵绵国恨暮天长。龙髯一堕无由接，千载啼鸟定夕阳。”此诗佳，亦颇刻露。明亡已百余年，遗民心事，尚缭绕不去。称忠敏而不用清赠之忠惠，皆可见诗人心事。今日梅市，即此残碑亦不复存，祁氏遗书亦零落殆尽，可为一叹。余重刊忠敏《曲品》，末附山阴祁氏《遗事辑》一卷，刊成后更有所增益，他日重刊，当补入之。戊寅中秋前三日记。

平湖葛氏旧藏《龙泓馆诗集》旧抄本，丁希曾旧物也。后附知不足斋抄周密《云烟过眼录》二卷，敬叟有跋数通。末属“乾隆己卯五月六日，晨曦映窗，敬身老人记，时年六十五岁”。兹据葛氏藏书录底本录补于此。又有鲍以文朱笔跋数通，可见丁鲍交密，不废商榷为不可及也。兹录其一于此。

> 王定保唐《摭言》十三卷足本，王渔洋朱竹垞两先生俱从徐菊庄钞本传录，每以未得刻本为憾。予偶从吴门书肆中得一厚册，则明张萱芙蓉馆刊本，以问藏书家，俱以为妄。出而示之，始共怪叹。安得项氏所刊云烟录，一折敬叟之心乎。得闲居士。

丙午正月元宵节，拥炉录竟记。

《砚林集》卷四有虎丘一题，夜游记事也。余尝偕燕夜游虎丘，是夜无月，坐高阁品茗，深夜始归，因知此诗之妙。米公画史云，范宽老年之笔，树石不分，似暮夜之景。敬身诗及之，以况暮夜景色，米公语妙，如此昏暮之景，一团漆黑耳。

敬身先生印款绝佳。钱唐丁氏曾辑为数卷，惜刻本不佳。西泠诸家集多有乾隆刻本，独先生诗卷零落，身后四十年始付枣梨，可慨也已。

《砚林诗集》四卷，钱唐丁敬敬身著。嘉庆刻。十一行，二十二字。白口，左右双边。前有同学侄梁同书序，时年八十有五。次同里后学何琪序，次仁和杭世骏大宗撰丁隐君传。杭传甚佳，其论丁金优劣云：“诗学其所专长，布衣金农，相距一鸡飞之舍，与之齐名，美辞秀异，敬或不及，铺陈终始，豪放不可羁绁，农不能逮也。”后有嘉庆十一年同里后学魏成宪纂刊书跋。卷四后附子健诚叔、传希曾诗。案平湖葛氏藏《龙泓馆诗集》三卷，旧抄本，有跋云：“丁希曾二兄于嘉庆四年己未七月十六日卒于黄泥潭汤婿家，享年七十九。”卷前有诗船蔡名衡题签，卷后有“杭州爱日轩陆贞一校刊”两行。收藏有“慈溪胡哲煊藏书印”朱文长印。

周止庵遗稿

此周止庵集，今秋曾一见于京师琉璃厂之通学斋，孙殿起颇珍视之，索高直，不肯少让，遂未能得。今日傍晚过市，偶于书丛得此，且为谭复堂戴子高二家藏本，亟买之归，甚快意也。案头尚有《复堂集》一叠，殆自谭氏后人流出者。止庵《词辨》有谭氏评刻本，是词家珍重之书，二君皆精于辨律者。甲午十二月初七日，灯下记。黄裳。

济所撰尚有《介存斋诗》四卷，道光刻。又《介存斋诗》六卷、《味隽斋文稿》一卷、《介存斋文稿》一卷、《味隽斋史义》二卷、《味隽斋词》一卷。附《柳下词》，周青撰；《贮素楼词》，苏穆佩撰。道光刻本。皆罕传。附识于此，以待续访。十二月初九日再跋。黄裳。

《味隽斋词》《柳下词》《贮素楼词》三种合一册，亦道光刻。余收一本于鸳湖沈氏海日楼，乙巳四月十七日，灯下更记。

《周止庵遗稿》，文一卷、诗一卷、词一卷，道光庚子刊，又折肱录一卷。十二行，廿五字。白口，左右双边。题“荆溪周济保绪”撰。收藏有“谭献”（白方）、“复堂藏书”（朱长）、“子高”（朱方）。有吴羌山人戴超手跋两行。

东潜文稿

今日午刻过袁西江许，于案头检得此赵一清集及明皮纸乌丝阑钞本《文城集》一册，去泉八万元，盖皆论秤而出之物，选得于拉斐德路书铺中者。废纸凡四十石，旧本只此而已。天气晴好，即于肆中拆去衬叶，请袁估为重订之，还其旧式，移时而毕，归来作记。辛卯大寒前二日，黄裳。

此赵一清《东潜文稿》二卷，罕见。余得之袁估西江许，盖自故家书中检出者也。年尾旧纸商秤得故书数十石，佳本只此而已。昨日余于文化部得观宋板《磐石老人集》残本一册，大字浙刻，宋印精极，亦孤本也。盖选得于还魂纸二万斤中者。此议由余发之，西谛力赞其成，遂举其事。选工摘取旧本，不弃丛残，时历数月，所得不少。其事今亦停顿，旧板抄帙，澌灭之惨，殆不可免，叹叹！壬辰正月廿一日，大雪，灯下漫书。

甲午腊月，校祁彪佳远山堂明人《曲品》《剧品》竟，将付工重刊。欲为长跋记祁氏故事。遂更读此，并再题识。时夜雪方霁。来燕榭书。

己酉十一月廿五日，归自奉贤江上三日矣。连日天气晴好，今乃作霖，而暖若小春。检旧藏得此，漫阅一过。清人集部无算，然空疏者多，似此未可数数见也。刻于小山堂，与《水经注释》板刻正同，而传本绝罕。二十年前京估得一本，石印行世，人乃少少见之，究不若此原刻之精雅也。赵氏于山阴祁氏为姻娅，向得《爱日堂吟稿》，吟咏有一卷之多，此卷则有外氏世次记，于祁氏破家种种，不敢昌言，然亦难能矣。小饮食虾漫记。

《东潜文稿》二卷，仁和赵一清诚夫撰。乾隆刻。十行，二十二字。白口，左右双边。前有杭人杭世骏序，南康谢启昆序，目录。卷尾题“乾隆五十九年岁次甲寅，男德元、履元、载元、保元仝校刻。”扉页题“乾隆甲寅年镌，小山堂藏板”。

环山诗钞

南陵徐氏所收清刻善本至富。积余逝后，诸子不肖，散轶略尽。余所收不少，然精品已不甚多矣。近久不见其家书，以为已无烬余矣，乃于温知案头见此，亟挟之归。虽戋戋小册，然绝不经见。更经扬州汪氏问礼堂藏弆，亦名物矣。后一月更见积余日记二十许册，书于账簿上，琐琐记买书帐及朋辈过从诸事，绝妙之藏书史料也。余所得其家书，亦往往见于日记中，乃有如逢故人之乐。惜索直甚昂，未能收之，辄记于此。乙未四月十六日，书装成后漫记。黄裳。

积余日记后为吴则虞作缘归之四川一学校，真杀风景事也。此校何必有此书，亦安所用之乎。己酉二月初三日，夜雨，风声虎虎，漫记。

《环山诗钞》，江都方士庶洵远撰。乾隆刻。十行，十九字。上下黑口，左右双边，前有乾隆癸酉季秋钱唐同席砚弟陈章书于小玲珑山馆序。收藏有“师竹老人”(朱方)、“喜孙珍藏”(白方)、“汪氏问礼堂”(朱方)、“程氏珍藏”(朱方)，又“仪徵程青岳所藏秘籍”墨书一行。按洵远生康熙三十一年壬申，殁乾隆十六年辛未。年六十。雍正十年客拙政园，曾作图。

小师道人所著，此诗集外，有《天慵庵笔记》，焦循撰序。书似未刻，存佚不可知矣。循序在《雕菰楼集》十五。略云："嘉庆丙寅秋七月……门人方灏持一帙来，乃其曾祖小师道人士庶杂记手稿，大抵多题画之作，或诗或跋，又有记所见唐以来画卷墨迹，杂错无次序。乃为录一过，稍加釐葺为二卷，附祭文两首于末。"戊寅五月补记。

荛言

壬辰十一月十二日海上收，小雁。

近日赵斐云南来，数过余斋。示以故书数种，皆前所未见者，此亦其一，录行款而去，其罕传可知也。斐云在硖石买得吴兔床《采药图》，后有荛翁题诗，恭楷而字大径寸。又有小笺，书于冷金纸上，亦绝精，皆致兔床仲鱼者。同时更得黄氏手校《新序》《说苑》及《乐志园集》等三书，皆绝妙，漫志于此。癸巳五月廿一日，黄裳。

《荛言》，大题下墨钉至底，次行低一格题《述德继声》及《省余游草》，凡二卷。道光精写刻本。八行，十六字。白口，左右双边，板心题述几、省几。卷末有荛夫黄丕烈跋，又牌记双行，“阊门外桐泾桥西石屑衖口吴学圃刊刻”。

咏归亭诗钞

丁酉三月廿六日收。半年前曾得原刻《在亭丛稿》，正好并藏。妙绝妙绝。

客山生平事迹见蒋恭棐所撰传。陈鹏年官西安知县，赏其诗，求之未得。迨先后除江宁苏州知府，皆以事劾系，果乃走数百里诣之，事解始归。鹏年总督漕运，通问而已。最后客扬州巡盐李煦，《述怀诗》所谓“言归复北渡，飘然去扬州。繁花咏铃阁，春风驰紫骝。八载不觉久，佳境常淹留”是也。煦遇之厚，然馆修外不妄取。煦败籍没，追欠帑，多所牵连，果独获免。然自是度门不复出，以卖文为活。集中别诗二首，或煦事解后与果重晤赠别之词也。此集自芟十之五，存七集。后附《编余》一集。身后更经沈德潜删定。沈氏选诗，好更易前人字句，即祖父不免。况果与李煦密，所咏必有因忌讳而去之者，可惜也。邓文如书衣杂识，曾及此书，因掇其词论之如此。

《咏归亭诗钞》八卷，长洲李果硕夫撰。乾隆养云亭刻。十行，十九字。白口，左右双边。前有旧序五通，作于康熙甲申陈鹏年，康熙壬辰张大受、先著、方朝，乾隆四年缪嗣寅也。次雍正十年自序。次西原蒋恭棐撰传，次乾隆十六年门人朱昂后序，次目录。周汝昌兄读后有跋。

“向蒙裳弟寄示客山《在亭丛稿》，今复得见其所藏客山诗卷，信为合璧。余读二集，乃知莱嵩幕中，有此朴悫之士。顾此书无一句与曹李倡和之迹，殆讳而不存矣。卷三有送吴秋屏渡京江扫姚后陶墓一题，秋屏楝亭幕中士，而姚亦楝亭所葬。止以此一端觇之，宜无不相知闻之理。楝亭数有诗词贻朱赤霞，赤霞能绘事，向疑当与石涛上人有所关系，苦无以证。今得客山与赤霞句，有云：‘尽识邵平为逸士，谁怜曹霸是王孙。旧京岭树空霜露，南楚汀兰入梦魂。’则向之所疑，或未尽诬。卷四使院有作云：‘天外云霞空变幻，庭中竹柏自森寒。豫章礼重周旋久，安邑情深去住难。’情事微微流露。如客山者，其腹中满贮曹李二家故事，而绝不敢一字落于纸墨，念此不禁慨叹。然观其肯为莱嵩撰行状，非有胆骨情肠，又焉敢兴捉毫之念者哉。然则即此亦已绝特笃行君子矣，可不敬诸。行将还瓻于裳弟，拉杂书此，以污卷头佳楮，若提要家之言，死不敢妄效一句也。呵呵。乙巳清明后，解味道人周汝昌灯下败毫涂鸦。”

春桥草堂诗集词集

此朱吉人诗集八卷，罕甚。余旧收《小长芦渔唱》，与此刊刻正同，得此并储，绝妙事也。吉人为小燕高祖，向曾于妇家见有浅绛山水一帧，笔致高逸，当乞得重装藏之。旧书日少，客杭数日，只得此尚是名物，因记卷尾。丙申早秋七月廿九日，来燕榭记。

《春桥草堂诗集》八卷，桐乡朱芳蔼吉人撰。嘉庆庚申春畬经堂刊。十一行，二十三字。白口单边。乾隆五十九年青浦王昶序。

《朱春桥词》一册，石麒得于武林旧肆，以之归余，时癸巳三月也。得书后即付曹君有福重装。余方与小燕同游吴下，取此册归。于妇家漫阅之，为小燕伯父所见，珍重录副，方知方霭为朱氏先德也。后三年乃更收《春桥诗稿》八卷于武林，与此刊刻正同而最初印，喜龙剑之合，漫读一通，清词丽句，往往动人。乾嘉老辈亦多见卷中。匪独罕秘，实可珍赏。又于外舅许乞得家藏春桥山水一轴藏之，皆因缘之非偶然者。戊申九月初一日记。

春桥为竹垞太史族孙，碧巢农部外孙，且曾笺释《曝书亭集》。集中又有长洲李果和春桥摸鱼子词。客山康雍中老宿，不妄交，所与往还者皆畸士也。余藏有果诗文集，独无诗余，不图于此得见遗珠片羽也。戊申秋日。

《小长芦渔唱》四卷，桐乡朱芳霭吉人撰。嘉庆刻。十一行，二十三字。白口，单边。前有乾隆壬戌小湖高不骞序，时已年逾八十。又秦亭老民杭世骏序。

产鹤亭诗

《产鹤亭诗》当尚有一稿。此逐年随刻者，至九稿而止。六圃手自订定者，观大题下墨钉可知。此本得于四月前，以非完本而弃之，今仍买归。亡书久似忆良朋，此时情景约略似之。乙未除夕爆竹声中漫记，小燕。

慈山居士所著《书余收得逸语》《老老恒言》《昏礼通考》等凡三种。此诗集九稿，有《魏塘纪胜》及《续记》二编，最可读。诗不佳，纪事可观。集前有慈山居士自叙传，记著述已刊者三种外，尚有《易准》四卷，《孝经通释》十卷，《琴学内外》二十六篇，《宋百家诗存》二十卷，时《老老恒言》尚未作也。乙未岁尾，黄裳小燕。

《产鹤亭诗》一至九稿，嘉善曹庭栋六圃撰。乾隆刻，十行，二十一字。上下黑口，左右双边。前有慈山居士自叙传。每稿前有自叙，目录。诗起乾隆庚申，讫甲申正月以下。扉叶篆文双行牌记："古魏塘中阿里慈山居士手订。"

静便斋集

癸巳秋日，余居湖上二月，时去市上观书，而绝少佳本。无已，乃买清刻集部读之，未几而旅寓厨中遂满，时时取而阅之。面对孤山，秋雨凄冷，赖此破寂。此本得之松泉阁，乾隆刻也。著者不甚著于艺林，向于符氏《秋声馆吟草》中知其姓氏，所从游者如杭厉诸先生，皆名宿也。亦时能于卷中捃摭一二故实，非弃物也。今日检得，拟付工重装，遂书卷耑。甲午腊月廿五日记。

癸巳秋日，余居湖上几两月。寓居西泠，湖楼正对孤山放鹤亭，风晨月夕，常苦行笈无书，乃过市穷搜之。会于一肆见杭人集不少，选得数十种，此书预焉。忆尚有翟晴江集，以其为画人，有重名，遂索重直，未能得也。此集殊佳，于中可知杭州故事不少。近日少暇，始得通读。所论梅村两跋尤佳。王氏自有独见，惜其名姓不彰耳。己亥正月初四日记。

《静便斋集》十卷，仁和王曾祥麐徵著。乾隆刻。十行，二十一字。白口单边。前有乾隆二十八年槐塘汪沆序，次宁化雷鋐撰两王生小传，目录。

存素堂文集续集

此《存素堂集》四卷，余旧藏一白纸印本。今于徐绍樵许更见此，有《续集》二卷，遂更得之。式善所著书，余所收仅此耳。尚有《陶庐杂录》一册，则残卷也。时帆藏书家，文集中所及藏书故实不少，而杂录中尤多。有清初叶诗人总集，所见之多无过时帆者。其所藏亦富，余收有数种，钤记精善可喜。明清藏书家集，余所收不少，他日能汇而刊之，大妙事也。乙未春分后一日，黄裳。

《时帆文集》世尚有藏弆者，此续集则殊未见著录，实清人别集中罕遇难求之册也。卷中跋石仓诗选、状元图考、校永乐大典记诸文，皆有关藏书版本故实，近人颇有道及，然皆未尝见此。余收清集颇富，都千余种，颇有泥沙杂下之憾，然披沙拣金，亦往往有奇秘类此者，亦数百种。暇日摩挲，亦一乐也。忆此三册书得之徐绍樵许，系某故家所储。其家多藏清刻，秘册如吴兔床陈仲鱼校《春融堂集》等皆是。书皆乾嘉刻，然皆罕见而有渊源之物，通常藏书者殆难与语此，今日乃绝难更遇，是亦无殊一梦也。重展漫记。癸卯正月。

今日于朵云轩得故家所储旧墨二丸，一乾隆甲子江鹤亭随月读书楼墨，一同治甲戌尺木斋选烟。后者绝佳，胡开文最上品也。磨而试之，其平如镜，光可鉴人，边棱锐整，可以裁纸。因阅此书，试记数行。其墨虽只九十年物，然较乾隆制远胜之。乙巳八月初八日。

《存素堂文集》四卷，法式善著。嘉庆丁卯程氏扬州刊板。十二行，二十二字。白口，左右双边。前有嘉庆辛酉同馆愚弟吴锡麒序，嘉庆五年武进赵怀玉序，嘉庆六年梁溪杨芳灿序，嘉庆八年新城陈用光序，嘉庆丁卯自序。次目录。卷尾有嘉庆丁卯绩溪程邦瑞跋。写刻甚精，卷尾双行云："秣陵陶士立缮写，江宁王景桓董刊。"

《存素堂文续集》二卷，戊辰、己巳年作。法式善撰。嘉庆辛未程氏扬州刊板。行款同前。前有目。

晚闻居士遗集

此萧山王氏《晚闻先生遗集》十卷，久求不获。前年于湖上闻萧山人有之，意颇珍重，书亦未见。只得王端履《重论文斋随笔》两巨册以归。今日午后出游，乃拣得于地摊上，掷半金与之，亟挟之归，漫阅一过，所记祁忠敏遗印铭及蔡祖洲故事，皆久欲一知者，真快事也。乙未六月初八日记。

《晚闻居士遗集》九卷首一卷，萧山王宗炎撰。道光辛卯刻。十行，二十字。上下小黑口，左右双边。前有道光己丑汤金钊叙，道光十一年王引之序。次目录。每卷尾有“杭州爱日轩陆贞一仿宋写刊”一行。卷尾有道光八年族弟绍兰跋。

澹成居文钞

此原刻吴卓信集，传世极罕。贩书偶记所著为光绪翻刻，亦未见此。余旧有武进李氏绿格抄本《汉书地理志注》残册一叠，易去久矣。不意更能得此，亦大佳事。当与《冯仲廉文钞》并储之，皆清集精罕之册也。癸卯三月廿三日灯下记，时燠甚。黄裳。

旧京老书估有孙殿起者，受伦哲如薰掖，多收清人刻本，更留意经生著作，类此小册，必珍重收拾，加纪录焉。嘉道以还，此类更少。更经劫火，板片不存。况是小册，尤易散亡。此吴卓信集，殿起平生所见，亦只光绪翻刻本耳。此为原板，自可珍重。其刊刻与《冯仲廉文钞》绝类，殆皆虞山刊板者。徐积余亦好收此种，惜散失都尽，不可更见矣。己酉上元后四日重阅跋。试乾隆汪近圣圭璧光和州太守墨宝书，信是鉴古斋第一墨。

《澹成居文钞》四卷，常熟吴卓信项儒撰。道光癸未刻。九行，二十一字。白口，左右双边。前有孙原湘撰传。目录。卷尾附《丧礼经传约》一卷，又道光二十二年孙男文锷跋。

薛生白所著书

此薛白雪先生所著诗话、诗集，余与汪柯庭集及天一阁书多种同得。后附《吾以吾鸣集钞》及《旧雨》二集，世无著录。白雪论诗多霸气，往往大快人意，盖诗人豪迈一流也。壬辰十月，小雁。

《一瓢斋诗话》，河津薛雪生白说。乾隆刻。十一行，二十字。白口，左右双边。版心下有埽叶村庄四字。前有闽中鹿山老人题序，自叙。

《一瓢斋诗存》六卷，河津薛雪生白撰。行款同前。

《吾以吾鸣集钞》，吴山薛雪生白撰。乾隆刻，十行，十九字。白口，左右双边。前有年弟袁枚序，寒崕白雪自识。此为年七十时作。收藏有“读书秋树根”（白文长印）。

《旧雨集》一卷，乾隆刻。行款同前，下黑口。卷首有小叙，乾隆辛未，主人薛一瓢招同友人集于埽叶庄之水南居，倡和成集。与其会者，叶长扬八十五，虞景星八十二，沈德潜七十九，谢淞洲七十五，许廷鑅七十五，李果七十三，汪俊六十九，俞来求六十九，袁枚三十六，薛雪七十一，薛不倚四十八，陆峄三十六，汪杲二十五，薛鋳二十五。

《旧雨》二集，乾隆刻，行款同前。此集为同人赏荷倡和诗，李楼山果新逝，多有悼诗。

薛生白所著书，余旧有数种，毛订一厚册。今更见二种于肆中，仍携之归，以传本最稀也。此序并扉叶旧藏本俱无之。此序盖李鹿山侨寓吴中时撰，已夺官，藏书散尽矣。丁酉正月廿一日记。

一瓢斋诗话，俱如前录。

丁酉元月廿日，收此复本。沈序为旧藏本所无，因知藏书未可轻弃重见之册也。黄裳记。

一瓢斋诗存六卷，俱如前录。惟多“甲寅冬日学弟沈德潜题于娄东之含清别墅”序，隶书上板，序尾有“吴郡李士芳镌”六字。又目录。

薛生白所著书，余所收不少。诗存诗话，又《倡和集》及《唐人小律花雨集》等皆至精，与此刊刻正同，见而未收者有词韵一种，又《抱珠轩诗存》六卷，亦埽叶庄刻本，却未之见。此本更未经见，却于无意中于书架上抽得，可喜之至。薛亦知医，所刊医籍颇不少，亦尝见数种。其手书诗帖亦收得一纸。凡此琐琐，俱见墨沈因缘，非偶然也。生白论诗甚推玉溪而多快论。此集以斫桂名，殆取“斫去月中桂，清光应更多”意，亦可见诗论一般。收书翌晨漫记。丙申中秋前三日，黄裳小燕。

戊戌小寒前日研朱读，时大风严寒。今年室内不举火，呵冻作书，亦自有趣。黄裳记。

《斫桂山房诗存》六卷，河津薛雪生白撰。雍正刻，十一行，二十字。前有“雍正乙卯三月初旬长洲同学弟沈岩书于胥江二十四研小斋”序，亦李士芳镌。收藏有“莫棠之章”白文方印。

薛生白诗原刻诸本余都有之，只此抱珠轩诗，久搜未得。昨日埋头旧肆楼头，春雨如绳，室暗如夜，竟于架上抽得之，为之狂喜。藏书之事，夫岂易言。薛君更知医，所刊医籍却未收有一本，聊志其事于此。丁酉三月廿七日，黄裳记。

后半年乃付故友曹有福君为重装之。今日故本更稀，小楼上几不更能搜得此种，而装池无人，藏书之乐殆不复能续矣。

《抱珠轩诗存》六卷，河津薛雪生白撰，乾隆刻。行款并同，前有乾隆庚申徐士林序，属家乡旧友高南阜左手书之，甚狂恣，亦李士芳镌，能传笔墨之妙。有目录。

余旧有薛生白诗话，颇快其论诗之见。数日前偕燕游吴下旧肆，于案头抽得此册，如遇故人，亟买之归。当重装之为闺中诗课之需也。甲午七月廿一日。

薛生白吴下名医，亦喜言诗。所著诗话及小集都六七种，余皆陆续收得。此花雨集却无知者，偶检得于护龙街上旧肆，大喜逾望。时吴下故书如海，清刻几无人过问，然时有佳册，皆不可求者。此日回想，真如梦寐。辛酉岁除坐雨读此漫书。黄裳。

《唐人小律花雨集》二卷，江南布衣薛雪集。乾隆刻，八行，十九字。白口，左右双边。版心下有埽叶庄三字。前有叶长扬序，次赘言十二则。次自序，属“乾隆十有一年岁次丙寅上元日书于我读斋中”。次目录。

此亦埽叶庄薛生白所撰曲本也。余得之甫里许氏，重装藏之，未暇展阅。近日理书，遂取与一瓢主人所撰他种并储。计诗集诗话之属都十许种，可谓富矣。此亦中吴文献之要籍也。辛丑春分前二日，来燕榭坐雨书。

《卷石梦》一卷，埽叶庄一瓢辨谱，载酒池访搓填词。旧抄本。八行，十九字。前有刘碧鬟记。收藏有“芷畦珍藏”（朱方）。

强恕斋文钞

甲午四月十三日，海上所收。小燕记。

得此书后二十五年重阅。时历劫归来方一月也。书为清刻，然颇稀见。《北平馆善本乙目》著录之。六卷目尚是墨丁，可为珍重。己未闰月初二日，来燕榭灯下记。

辛酉除夕，漫阅旧书及此。文字简净可读，亦存故实，漫记。黄裳。

《强恕斋文钞》五卷，秀水张庚浦山著。门人周虞藻、侄月梅、男时敏仝校，乾隆刻。十行，二十一字。上下黑口，单边。乾隆二十一年沔阳李堂也升序，乾隆丙子雷铉题辞，乾隆丁丑自叙，襄城刘青芝原序。次目录，有第六卷一目，下缺，是终未刻也。

敦夙好斋诗初编

此叶润臣集，近刻而绝罕传。余肆力收藏书家别集，所得甚富。暇当依《藏书纪事诗》次第，别为一目，所失恐不甚多矣。丁酉闰月初四日，高秋佳日，携妇将雏，出游归来，晴窗漫记于来燕榭中。黄裳书。

得此后二十四年，更收道光戊申刻《泝瀞集》，即此卷七所收也。多所删削。旧序三通亦不存，并读为之快然。辛酉三月初一日，黄裳记。

《敦夙好斋诗初编》十二卷，汉阳叶名沣翰源著，咸丰刻。十行，二十一字。白口，四周双边。咸丰三年孔宪彝题书名。咸丰六年刘存仁序，宗稷辰、张际亮、孔继鑅、汤鹏、陈文述、戴絅孙、洪齮孙、秦湘业、孔宪彝、姚燮、徐子陵、王柏心、吴昆田、蒋超伯、何兆瀛、许宗衡、符葆森、刘存仁等题辞。次目录。目后有作者咸丰三年除日自识。后有“男恩颐校字”一行。

水曹清暇录

此飞鸿堂主人《水曹清暇录》，余久欲得之而不可见。此本见于沪市，头本远寄京师，乃假归一读，遂仍还之。所记皆随笔故事，远逊所著《焠掌录》矣。后全书来而索直殊昂，亦遂置之。今日过市，仍以石米之直买归，以传本实稀也。开万楼书余所得不少，当并储之。漫记卷尾。乙未八月初七日，黄裳记。

汪启淑富人也，好藏书藏印，以此知名。不甚学问，撰《焠掌录》，仿经生家言，有诗集，求之未获。所撰集古印谱佳甚，富而精，编次无序，然皆精妙，阅之忘倦。此小说笔记，能录俗信，琐屑可资考镜。然谈鬼神诗文，则殊劣下。钱序翟跋，皆漫为应酬，实皆不以为撰著家也。其人似黄荛圃而胜于汪阆源，亦清中叶一畸士也。此书传本颇稀，悬直殊昂，阅之顷刻而毕，不如所集印谱远矣。得书后十四年，重阅更跋。黄裳书于来燕榭中。

《水曹清暇录》十六卷，古歙讱庵汪启淑述。乾隆刻。九行，十八字。白口，左右双边。乾隆五十七年钱大昕序，乾隆辛丑翟槐跋。收藏有“海上世家”（朱方）、“荥阳家藏”（白方）、“九峰旧庐珍藏书画之记”（朱长）。

奕载堂文集

此集罕传特甚，未见有著录者，此残册得之旧肆，未暇装池。继乃为人掠去，今日还来，却已整治一新，虽手段差劣，亦聊可藏矣。叶数尚多墨钉，版心亦不题卷数，记叶数处亦墨钉未刻，当是刊而未竟之书。木夫为竹汀居士女夫，学有本源，而遗集零落如此，可慨也已。己未闰月，黄裳。

雷梦水《旧书经眼录》云，此书有三十二、三十六篇两刻，此本存三十五篇。

《奕载堂文集》，嘉定瞿中溶撰。道光辛卯开雕。卷首题卷一，下亦无卷二。十行，二十字。白口，单边。版心中文集二字，下有叶数，十四叶后即墨钉矣。前有目，又扉叶。

范白舫所著书

《汉口丛谈》

此范声山著书，久欲觅之而不可得。偶于古籍铺架上见之，亟得之归。范氏杂著，余箧中有六种矣。此为王景曾旧物，有手跋。近收嘉庆刻悔存诗词抄，亦有王氏手跋，似同时散出者，而一得于湖上，一本收于上海。故纸因缘，非偶然也。丁酉谷雨后一日，黄裳记。

《汉口丛谈》六卷，乌程范锴白舫著。道光壬午刻。十二行，廿三字。白口，四周双边。夏之勋题扉叶。前有东坡愚弟熊士鹏序，次凡例。收藏有“秀水王景曾所藏金石书籍印”（朱方）、“复孙”（朱长）、“梦仙所藏书籍”（白方）。王景曾手跋云：“予足迹未至楚境，而先祖父于咸同时在彼处立运番布之业，道光末曾往运艖，皆未亲往。先外祖马麟洲公则殂于汉口。至今予家尚有栈房一所，二三十年来无人前往经理，不知流落何人手矣。白舫先生是编载道光时汉上诗酒文讌之盛，商贾之辐辏，声伎之繁盛，以及山川源流，坊巷古迹。翻纸一过，恍置身别山汉水之间，而于予家家业之盛衰，益重有慨焉。先祖父创立贸易，至予兄弟辈徒事佔毕，不克负荷，亦无足惜。惟愿诗书之泽，永守勿替，是亦祖父之所深喜，而不以彼易此者也。偶阅是编，枨触于怀，呼灯书此。光绪丁亥年重九后一日，复庵漫志。”

《苕溪渔隐诗稿》

范声山所著书，余肆力收取，前后八年，仅得八种。计所缺尚十一种也。然自撰诸种已备，虽尚欠汇刻书，无伤也。藏书辛苦，其谁知之。此诗稿两册，偶抽得于旧肆架上，惊喜更不可言。前日于姑苏买得巾箱小册痴人说梦，系谈红楼梦之作，题苕溪渔隐纂，不知亦声山作否，姑记之于此。丁酉十月初六日，黄裳记。

此本四卷，亦不知全否。《丛书综录》著录范白舫所刊书，有《苕溪渔隐诗稿》，只二卷，别题《〈湖录〉记事诗》，当非此本。如合余旧藏感逝吟蜀产吟，则花笑庼主人诗稿当有四种六卷矣。然亦未知尚有它种否也。范氏所著，生前随时刊刻，似无汇印之本，传世多少不一。凡有所得，皆当珍视。此四卷书与《汉口丛谈》《幽华诗略》等三种，皆国藏所无，可珍重也。庚子二月初二日晴窗记。黄裳小燕。

《苕溪渔隐诗稿》四卷，乌程范锴声山撰。道光刻。十二行，廿三字。白口，四周双边。卷一有安阜园杂事诗九首，各附详注。记吴三桂始末。卷三有诗十六首，各附详注。是亦近代史之良史料，可辑为一卷存之。

《苕溪渔隐诗稿》——感逝吟一卷。范锴撰。道光刻，行款同前，有小序。所咏凡二十人，有方蒸砂、顾樊桐、朱青湖、蒋吉罗、鲍绿饮、施北研、杨秋室、黄荛圃、刘疏雨等。诗前俱有小传，详其人生平行迹及交游往还种种。

《苕溪渔隐词》二卷，范锴撰。道光刻，行款同前，前有道光阏逢敦牂之岁同里陆长春叙，嘉庆十八年临洮陆芝田序，丙子六月丽生严学淦序，又书一首。收藏有“积学斋徐乃昌藏书”（朱文长印）。

《蜀产吟》一卷，范锴撰。道光刻。十一行，廿二字。上下黑口，左右双边。前有道光庚寅陈文述序，凡盐井、油井、火井、铁索桥、蛮营、灯戏、端工、牛皮船、年景花、郫筒酒、蜀锦、綦石、邛竹杖、蒙顶茶、蒟酱、白腊、红花、薛涛酒、吐绶鸟、人鸡、桐花凤、冬虫夏草、娃娃鱼、桃花鱼、墨头鱼、万年青、黄连、黄葛树、海棠香、荔枝等二十九题。诗前各有小序。亦徐乃昌藏书。

《浔溪纪事诗》

此本得之十年，初不知白舫之名也。后乃陆续收得著书多种，深喜之。视卷尾跋语，似刻书始于道光乙未，用古体怪字，后来所刻，亦仍此体，未更易也。于有清一代刻书史中，自具别格，亦大可喜，与汪艮庭之用古篆刊书同一蹊径。后收王景曾藏《汉口丛谈》，乃一一用白粉涂去异体，别书正楷。改之未尽，废然而止，亦可笑已。声山颇老寿，甲申年六十，有自寿诗，见诗稿中。刻《花笑庼杂笔》，有道光二十四年自序，有余年八十语，是晚岁所刊矣。又尝得一《红楼随笔》小册于吴下，不著撰人，但属苕溪渔隐。刊刻似在同光中。初疑非声山撰，近见一书，言其人光绪中犹存，似亦不无可能。聊记于此，俟他日考订之。庚子二月初二日，黄裳记于来燕榭中。

《浔溪纪事诗》二卷，乌程范锴声山撰。道光乙未刊。十二行，二十三字。白口，双边。前有乙未同里张鑑序，道光十六年蒲圻张至曙序，道光丙申陈文述序，次引用书目。后有道光丙申自跋，云："汉口剞劂氏梅玉溪发瑶，善碑刻。其尊甫春华老人与余相交有素。余作纪事诗，忽忽三十余载，拟梓未果。乙未春玉溪来言，近有写样者，颇识偏旁，不致写俗体字。余因以稿本付之。偶曰，试写诗句何如。时余归省先茔，匆匆挂席。八阅月始返，而诗刻已竣，似篆非篆，无可更易。阅者幸勿讶其怪诞。"是声山自道其刊书故事，诸书当刊于汉上也。

幽华诗略

范氏杂著，十年来所收凡七种。此二册检得于古书店架上，尚有声山名印及花笑庼印。系作者当日自藏之册，大可珍重矣。近日旧本几绝迹市上，余买书之兴亦久阑珊，不图无意中竟获此也。喜甚，归寓坐雨记。丁酉秋分，黄裳。

《幽华诗略》四卷，乌程范锴声山辑，道光二十一年刊。十二行，二十三字。白口，双边。前有道光戊戌汉阳孙煦序，道光戊戌陈文述序，道光十九年天门熊士鹏序。收藏有“范锴之印”（白朱文方印）、“花笑庼藏”（朱文长印）。

花笑庼杂笔

丁酉立夏日所收。十日前方得《汉口丛谈》，今更得此。合箧中旧储《浔溪纪事诗》《苕溪渔隐词》感逝吟蜀产吟，声山杂著之原刻者，都六种矣。未收者尚三四种也。搜采五年，仅乃得此。藏书辛苦，夫谁知之。黄裳记于来燕榭之南窗下。

《花笑庼杂笔》六卷，乌程范锴声山录。道光刻。十二行，二十三字。白口，双边。前有道光二十五年孙燮序，道光二十四年自序。目录。有“伊娄朱氏珍藏”朱文长方印。

西泠百咏

此《小百尺楼丛书》之一，传本甚稀。《中国丛书综录》未收。得之石麒书包中，重付装池。五年前群书被劫，今始得归。先得此本，为之快然。今日藏墨藏砚亦至，遂作题记。用汪节庵海桐书屋墨书。己未正月初九日，黄裳记。

《西泠旧事百咏》，吴江潘炤鸾坡著。嘉庆刻巾箱本。九行，十六字。白口，四周双边。版心下有小百尺楼四字。前有弟世恩序，嘉庆辛未吴云序，叶新丰题词。卷尾有吴鼒跋，自跋。

倚杖吟

此黄荛翁所刻《方外人诗》二卷，罕见之册也。余所收黄氏刊书不少。缪艺风所辑刻书题识中物，除丛书外几尽有之，只未见此耳。会徐贾绍樵自硖石故家得书多种，请余往观。中多拜经楼吴氏向山阁陈氏故物。皆清刻而实多秘册，此其一也。归检缪识，此跋外尚有寒石上人诗跋一则，当亦曾墨板。当续访之，丁酉正月廿七日记，黄裳。

此卷前有兔床小印，当是荛夫刊成所寄。陈仲鱼吴兔床过姑苏日，亦与上人往还，诗筒投赠，存此卷中。辛酉岁尽日，坐雨研朱漫阅，更记。黄裳。

《倚杖吟》二卷，天台山人古风著。嘉庆刻。十行，十八字。左右双边。前有嘉庆己巳平江石韫玉序，嘉庆甲子洪亮吉序，发弟远梅石均序。后有嘉庆己巳黄丕烈跋。扉叶题“洪稚存石琢堂两先生鉴定，士礼居刊行”。收藏有“兔床山人”（白文长印）。

余园诗钞

此缪沅集亦清初名集也。诗语清丽，而多故实，虽词旨隐约，亦可见意。书拜鹃诗后绝句十六首，感慨无端，故国之思不可掩也。邓之诚《书衣杂识》云，沅得张廷玉援引，骤擢卿贰。张鄂分党角立，其倾轧必有难言者。沈德潜序云得令嗣告其诗外有事，如安溪家难诗书后，称美光地，知沅固党局中人也。丙申春正月晦日记。

此本刻成未几版毁于火。乾隆癸巳，距沅之殁四十五年矣，少子樗乃汰少作，增新篇，为《余园诗精选》四卷，邓之诚所见即是本。此原刻原见可知。丙申正月十一日记。

《余园诗钞》六卷，亭间缪沅澧南氏著。后学沈德潜金志章编辑，男集、琬校字。乾隆葆素堂刻。十行，十九字。白口，左右双边。前有乾隆九年张廷玉序，乾隆十年史贻直序，乾隆八年黄叔琳序，乾隆九年阿克敦序，孙嘉淦序，沈德潜序。每卷前有目。卷尾有刘方霭后序，程盛修后序。乾隆七年金志章后序，男集、琬识。

种榆仙馆诗钞

丁酉二月初二日，惊蛰前三日，收于海上之来青阁。前半月余收清人集十许种于肆中，多潘氏物，却未见此。得曼生诗后，西泠诸家集已略备矣。黄裳记于来燕榭中。

余收画人印人集甚富。西泠八家几尽有之。只此陈曼生集久觅未得。今日偶过来青阁，乃更见此，亦椒坡藏书，因即携归，并记。丁酉惊蛰前三日，暖如仲春。

此集刊刻甚精，于清集中可称妙品。明刻《陶李合刻》亦精好，同作笺扎格子，但是写刻耳。

卷下有茶花一题七绝四首，系曼生自题所作茶花小幅者。此轴今在余家，系妇家世传之物。上有孙韶、焦循、陈鸿寿、阮元、陈文述等题句。

《种榆仙馆诗钞》二卷，钱塘陈鸿寿曼生撰。道光刻。作笺扎格，六行，十八字。前有道光甲辰新城陈延恩序，道光壬寅吴清鹏序，道光癸巳族弟文述引。吴门沈廷炤题词。卷尾有庚辰高日濬书后。收藏有“不系”（朱方）、“潘椒坡”（白文套边方印）、

“万花小隐”（朱方）、“潘椒坡图书印”（朱长）、“潘氏桐西书屋之印”（朱长）、“云月砚斋”（白方）、“崦西草堂”（朱方）。

牡丹诗

此本三年前得于石麒许，今日检出更读。前有汪氏撰传，其人殆即鱼亭先生也。鱼亭名宪，此作唯宪，殆初名耳。时尚未成进士，振绮堂藏书亦尚未富，故以舅氏遗书托之吴石仓丁钝丁耳。丁酉闰月秋晴记。

石麒于今夏下世。余不之知，亦未及一唁。近始于装书故友曹有福君得知端末。曹亦郭之旧侣也。重检此书因识。壬寅十一月杪。

《牡丹诗》，丁文衡著，乾隆刻。九行，十八字。白口，左右双边。前有乾隆元年十月朔甥汪惟宪撰丁茜园先生传，凫翁周初序。

集唾编

壬辰白露后一日得于石麒家，乾隆木活字本，至罕见，言言斋劫余精本也。小燕。

清人木活字本书，尚不希见。然往往印行无多，即便拆版，流传遂稀，此乾隆大字活版，实俊物也。癸亥正月初四夜，坐雨书。

此编真有绝妙之什，偶一拈合，令人绝倒。和猜谜六首尤为巧制，自是古滑稽之遗。晚明风气，清初犹有存者。一夕话后，此亦名作，而世无知者，它日当为流布之。癸巳十月重读记。

《集唾编》，扉叶题横溪山人纂。乾隆木活字本。七行，十六字。白口中，双边。前有眷晚生蔡其仁序，乾隆丙申孙婿赵珏序，次横溪山人自序，目录。收藏有“曾留吴兴周氏言言斋”（白长）、“言言斋善本图书”（朱长）。

沈西雍所著书

《十经斋文集》

沈西雍所著诸种，余俱收有原刻，凡七八种，只此十经斋文集，久求不获，意甚惘惘。自庄严堪有新刻本，未之收也。昨日漫游吴下，肆中绝无旧本可得，乃于架上抽得此册，只用三角之值得之。其肆估人最狡，而不知此本之可重，甚可笑也。此书尚有嘉庆初刻二卷本，当续访之。丙申春三月初七日，黄裳记。

《十经斋文集》四卷，嘉庆沈涛西雍撰。道光刻。十一行，二十一字。上下黑口，左右双边。

《柴辟亭诗集》

壬辰七月十七日，北京琉璃广收得。黄裳。

此本罕见，余收之京师琉璃厂。同得者尚有涛所著它书共五六种，皆出自天津劳氏，劳沈本姻娅也。其人客岁自裁死，藏书遂出。劳氏为周叔弢近戚，弢翁曾为刻《十经斋集》。集中卷四有题劳婿勋成霜林觅句图二首，即天津劳氏也。匏庐诗律甚细，警拔处大类定庵。闲窗漫读，以为日课。日来骤寒，今忽快晴。日影满窗，研朱记。甲午十一月初八日，来燕榭三跋。

此本暨西雍所著书通五七种，皆得之小西南园雒氏书庄。其人颇藏佳本，后更收卧云山房皮纸写本《离骚草木疏》于其家，最得意也。己未残腊，重展更书。

甲午十一月十一日，得涉园雅集诗册，中有匏翁“十月十七日季虎有道仁兄招集涉园，祀放翁生日即事”一题，凡二番，钤“匏翁”“柴辟亭主人五十以后作”等数印，字极秀雅，诗不见于此集，因手为补入。诗作于道光二十七年，在此集刊成后。黄裳小燕来燕榭寒窗记。

《柴辟亭诗集》四卷，嘉兴沈涛西雍撰。道光壬寅刻。十一行，二十一字。上下黑口，左右双边。前有道光二十二年鹤舫穆彰阿序，同门稚弟宗稷辰序。

《匏庐诗话》

此沈西雍所著书，罕传佳本，余所收却有二本，其一为戈小莲所藏，此册则得之杭州旧肆，付工重装。今日书至，灯前展卷记。乙未三月初六日，来燕榭坐雨书。

此卷为戈小莲半树斋藏本，其人嘉道间吴中名士也。壬辰正月廿二日大雪题。

《匏庐诗话》三卷，嘉兴沈涛撰。道光庚子刻。十一行，二十字。上下黑口，单边。前有道光四年柴辟亭长于公路浦上之芦屋寓庐序。收藏有“臣印戈载”（白方）、“顺卿”（朱方）。

《论语孔注辨伪》

壬辰七月十七日琉璃厂小西南园收得，黄裳藏书。

《论语孔注辨伪》二卷，嘉兴沈涛撰。道光刻。十一行，二十一字。上下黑口，左右双边。前有道光辛巳自序。

《瑟榭丛谈》

此《瑟榭丛谈》二卷原刻本，尚有匏庐主人手补，余与《柴辟亭诗集》《洺州倡和词》《论语孔注辨伪》同得于厂肆小西南园旧肆，合余旧藏诗话，十经斋主人杂著原刻者，乃略略俱矣。尚有说文古本考常山贞石志，未见。书出津沽劳氏，与沈氏姻娅，是以能有其书也。壬辰七月十七日，小燕书。

《瑟榭丛谈》二卷，嘉兴沈涛撰。道光乙巳刻。十一行，二十一字。上下黑口，左右双边。前有道光十年自序，此为涛自藏本，于卷上末手补陈云伯诗一首，又于扉页“道光乙巳正月”下墨笔记云：“是年余馆藁城，七月伯兄送妻子乘粮艘北来。”

《铜熨斗斋随笔》

匏庐沈氏所著书，余所藏几备，凡七八种。只《十经斋文集》未见耳。甲午冬日重展，漫阅一过并记。黄裳小燕纪事。

《铜熨斗斋随笔》八卷，嘉兴沈涛撰。咸丰刻。十一行，二十二字。上下黑口，左右双边。版心下有“槜李沈氏铜熨斗斋丛书”十字。扉叶篆书书名，属“珊林弟许梿题于苏台之行素斋”，前面篆书双行牌记云：“咸丰七年己巳槜李沈氏雕版。”收藏有“云轮阁”（朱长）、“荃荪”（朱长）、“积学斋徐乃昌藏书”（朱长）。

《交翠轩笔记》

匏庐沈氏著书，余所收不下六七种，皆原刻。只少此交翠轩笔记，意颇憾之。今晨石麒见过，以旧书十册见示，中乃有此，大喜逾望。且为平氏安越堂旧藏，可珍重也。灯下漫记。甲午小满后一日，小燕。

此本与过庭笔记合订。不著撰人。前有咸丰六年不孝槐八十四岁识语。《贩书偶记》云，四明童□□口授，亦不知主名，中亦有平景孙校笔。有朱文方印曰“云将”。

得此本后又于吴下文学山房得一本，刊刻似较早，亦疏朗可喜。终不知孰为原刻。此册前有惠红豆题耑，似可为初刻之证，然终未敢定也。己未腊月廿七日。

《交翠轩笔记》四卷，嘉兴沈涛纂。刻本。十一行，二十一字。上下黑口，左右双边。前有道光十六年自序。扉叶书名下有“道光戊申正月兆壬题”一行。平景孙手校。后有道光十八年武进汤璥后序。卷尾平步青墨书一行云：“己未六月廿八日校读毕。”有“安越堂藏本”朱文方印。

《交翠轩笔记》

此书三年前得一本于石麒许，为平樾峰手批本，今于吴下文学山房更见此本，与旧藏却非一刻，然则此殆原刻之本乎，为之大快。雨中游苏，心事惝恍，只买得旧书数册，尚可快意。此册外有顺治刻季娴《雨泉龛合刻》亦佳。丁酉十月初五日灯下记。黄裳。

《交翠轩笔记》四卷，嘉兴沈涛纂。道光刻。十行，十九字。白口，双边。道光十六年自叙，道光十八年汤璥后序。

道腴堂杂著

鈖所著有《道腴堂诗编》三十卷，《杂著》《脞录》《裨勺》《勿諠录》《雪泥鸿爪录》《续杂著》，凡七种。极罕传。月前余又获此《杂著》及《续杂著》，有抱经楼、徐紫珊藏印。后者残存上半，古书难遇如此，可为叹息。壬辰三月初五日坐雨不出，研朱记。黄裳。

己未夏至前日，取劫余藏书千许册归，尚非善本，更非全豹。然足慰数年饥渴，亦是快事。诸书皆为擅加图记，今又补一退还印，此藏书史上绝无之事也。可为一笑。三日来理董少毕，遂更加跋尾，以志欣幸。五月廿九日午窗当风记。黄裳。

《道腴堂杂著》，云中鲍鈖辛浦著。乾隆刻。十四行，二十五字。白口，单边。前有云中鲍鈖冠亭甫自序。收藏有“四明卢氏抱经楼藏书印”（白方）、“积学斋徐乃昌藏书”（朱长）。

《道腴堂续杂著》，云中鲍鈖辛浦著。乾隆刻，行款同前。前有乾隆五年自序。

此册检得于徐汇唐肆，于今十年矣。只存其半，然绝不经见，《道腴堂集》《中国丛书综录》所收只九种，余箧中有其三，杂著亦有之，为徐紫珊故物。此《续杂著》则未见有著录者，信是秘册矣。四年前于吴下文学山房见诗编等一叠，为不完之本，秤得于吴兴书船中者，靳而不售，冀得配全也。后亦更无踪迹，雪泥鸿爪，念之惘惘，聊复识之。辛丑霜降前日记于来燕榭，时方游松江醉白池归来。

鲍辛浦与金寿门高南阜皆有交往，此册所存一序一书皆有关涉，惜下半佚失，尚有数文不可见矣。举世藏者皆有前编而无此续刻，不知天壤间尚有存本否？叹叹。丙午正月十九日好春时记。

吉石斋集

桐乡汪氏裘杼楼古香楼藏书多善本。其后都谏恬村公、大理太守谢谷公收藏益备，历数世而未散佚。汪氏家集余收得不少，自碧巢兄弟至其子孙别集，每见必得，所储有数十种矣。此册及汪孟锠集则近日同得于吴下者，暇当另立一目著之。乙未十月初六日，来燕榭记。

《吉石斋集》二卷，秀水汪彝铭宝吉著。嘉庆刻。十二行，二十三字。白口，单边。山阴秋学礼序，嘉庆甲子表侄祝堃序，钱昌龄后序。

厚石斋集

得《桐石草堂集》后三年，又得此《厚石斋集》于吴下。裘杼楼后人著述又增二种矣。桐石集系兔床旧藏，此册则出鸳湖沈氏海日楼，皆清集中罕遇难求之物。同来者更有汪彝铭《吉石斋集》，则孟鋗弟也。三家诗中以此集为优。乙未十月初六日，来燕榭灯下记。

此本罕传，然板片已多漫漶，不知何以流传之仅也。沈子培藏书早散，佳册余未尝见之。只得天一阁藏《中兴间气》《河岳英灵》二集，有子培手跋。此种为海日楼中通常之本，后归潘某，后为其侄扫数论秤而尽，吴下估人携以见售，重为装池，所费殊巨，亦不惜也。

乙未十月初七日，晨窗漫阅一过，冻雨连朝，寒甚。黄裳。

《厚石斋集》十二卷，秀水汪孟鋗康古撰。嘉庆刻。十二行，二十三字。白口，单边。前有目。收藏有“桃花潭馆”（白方）、“嘉禾姚埭沈氏金石图史”（朱长）。

幼学堂稿

余耳此书之名久矣，未尝见也。偶过冷摊，与书估闲话，告姑苏人曾有此书，数年前曾求售，以价昂未得，今恐已售去矣。即嘱持来，又数过促之，今日始至。快不可言，其价乃远逾明本之值，倾囊付之。灯前展卷，自喜书疾不输少年时也，丁酉九月十四日。

沈文起《幼学堂稿》传世最稀，于清人集中称最罕遇难求之本。余收清集几三千种，顺康刻亦不下三四百种，独此集未尝一见。今竟无意中由冷摊书估作缘收得，因缘之美，何可言耶？不惮重复跋之，亦以见其喜悦无端已。丁酉九秋。

“青毡老茅茨，亦足慰吾党。如何灵岩下，幽屐遂绝响。依依想穷里，雄辩互抵掌。卒明鸡三号，众俛不敢仰。百觚亦不醉，人言灌夫莽。岂知妩媚极，直与郑公两。倾耳闻遗书，谁能写之上。”此周保绪诗，有小序云：“沈文起，吴人。官宁国学博。同人著述，无富文起者。身殁之后，遗书可忧。”辛丑重阳前二日，灯下书。

孙殿起云，此书初刻诗十卷文四卷，后又有续刻诗自十一至十七，凡七卷。文起五至八，凡四卷。所见皆后印之本，此尚是初刻初印之书，可珍重也。癸亥六月廿九日挥汗记，明日立秋。黄裳记。

此为清人别集中名物，流传绝罕。此本吴下孔氏物，余闻书摊主人告以有此，惟悬价高奇，亟促持来，倾囊得之，真快事也。后为盗掠，七年后归来，已为装池一新，是盗亦有道也。呵呵。壬戌八月初三日理书记。

《幼学堂诗稿》十卷《文稿》四卷，吴县沈钦韩文起著。道光刻。十行，二十二字。白口，左右双边。前有道光癸酉自叙。友人屠孟昭出资刊板。序后接目录。收藏有“吴县孔氏康侯珍藏金石图书”白文大方印。

瓯香馆集

壬辰残腊，偶过武林。访书丰乐桥畔旧肆，于架上见此《别下斋》丛书，初印精好，犹存当时印记，为之惊喜，残存若干种，所缺只三四卷耳，即得之归。共二十册，所耗仅米二斗，可谓甚廉。归沪翌日展书记。黄裳小雁。

此别下斋本《瓯香馆集》，甚初印。前岁于湖上得《别下斋丛书》零种一叠，中有此书，为之快甚。南田诗初刻于康熙中，所谓毗陵六逸本也。余亦有之。此本所收几数倍之。南田题画，或偶拈前人旧句；赝本亦间有之，此本皆过而存之，凡例中言之详矣。画跋二卷，皆绝妙小品。此种最易散佚，生沐搜罗之功，不可没也。南田诗笔绝佳，长歌尤美，不减梅村，特以画名掩耳。正如梅村以诗名，人不更知其能画也。乙未九秋，清斋展卷，漫识。小燕。

甲辰夏至日，斋居不出，更阅一过，并考定南田少年时事，将为一文记之。距前跋瞬将十年，岁月不居，叹叹。

《瓯香馆集》十二卷，补遗附录附。武进恽格著。海昌蒋光煦辑，道光刻。十一行，二十一字。上下黑线口，左右双边。前有道光戊戌吴郡陆鼎书于梅叶阁时年八十有二序，道光戊戌乌程孙变序，丙寅秋日宛溪顾祖禹旧序，凡例，参订姓氏，评语，从孙鹤生纂南田先生家传，恽敬撰南田先生家传，吴江翁雒补附。板心下有别下斋校本五字。收藏有“别下斋”（朱文腰圆印）、“紫峡”（朱文方印）。

小松石斋文集

此常熟赵氏所刊家集，传本甚稀。集中于一家世德、两邑雅故，俱所究心，有述赵氏家乘者数篇，似言旧山楼故事者，都未之见。丁酉正月十九日，检得于书肆楼上，喜而记之。黄裳小燕书于来燕榭中。

此集刊成未久，即毁于兵，至光绪十五年乃重刊之，知原刻传世之罕也。又当有诗五卷，刊于道光癸卯，何时可见而收之耶。翌日更书。

《小松石斋集》五卷，常熟赵允怀孝存著。咸丰刻。十一行，二十三字。上下黑口，左右双边。前有咸丰五年邵渊耀序，后有咸丰六年侄宗建跋。前扉叶有牌记："咸丰六年春三月旧山楼开雕。"

青荃诗集

海昌许氏所刻诸种，余年来历加搜访，所得不少。有名诸种如《字鑑》《笠泽丛书》等皆无之。盖人皆知珍重，市上罕传也。然偶于书丛败簏中得小品数种，稀见更甚，人无知其名目。此册昨偶得于海上书林，绝墨明丽，入手即知其为佳刻，与《师竹轩词钞》同为罕见之品，遂珍重藏之。丁酉三月廿七日晨窗记，黄裳。

《青荃诗集》二卷《外集》二卷，长洲蒋夔希甫撰。咸丰刻。九行，二十一字。上下黑口，左右双边。前有咸丰四年海昌许梿拜叙于长安里之行吾素斋序。卷尾有“吴门通关坊集文斋刻”双行牌记。扉叶题书名，篆书，许梿拜题，以手迹上板。背面篆书双行牌记云：“咸丰四年十月古均阁许氏刊”。

师竹轩词钞

此许珊林所刻词集，世无知者，槧印甚精，有陶方琦一印，得之闽侯林氏。此册刻于平江官廨，太平之役，板片煨尽，传世恐无数本。珊林一序，其后人辑刻古均阁遗著亦未尝见也。丙申上元夜，记于来燕榭中，黄裳。

许珊林刻书，精整可爱。此虽非着意之作，亦自楚楚，传本甚稀，几无知者。偶然检得于林子有家，可喜之至。今日暑退凉生，检书及之。试黄鹤楼所赠吉祥笔，漫书数行。此笔似狼毫，然疲弱不殊羊毫，终不知系何种笔也。乙丑七月廿九日，黄裳记。

《师竹轩词钞》，仁和许谨身金桥撰，咸丰刻。九行，十九字。上下黑口，左右双边。前有“咸丰戊午花朝乐恬散人梿书于行吾素斋”序。扉叶许梿篆书书名，后有双行牌记：“咸丰八年岁在戊午正月师卯敦室刊行”。收藏有“陶子缜”（白方）、“积学斋徐乃昌藏书”（朱长）。

来燕榭读书记　卷七

拙政园诗余

此本六年前得于吴下，江山刘氏藏书也。原刻绝罕。拜经楼吴氏曾刊入《海昌丽则》中，所据则为钞本。兔床乾嘉中藏书名家，更究心乡邦文献，然终未见此。流传之罕，从可知矣。此本刊成于顺治十年，时之遴方贵盛，后三年遂遣戍辽左。此书版片当亦化作柴薪，转眼烟云，都成故迹，可为叹息。素庵一序，文情俱胜，二臣心曲，亦有不能掩者。余数过此园，皆偕小燕同游，文衡山手植藤及梅村所咏山茶，迄今犹在。独无湘蘋一迹。今之道拙政园故事者，亦无一知有徐夫人者，是可叹也。花木扶疏，楼台掩映，每度经过，辄忆此册。闲窗展卷，遂更跋焉。甲午中秋后三日，黄裳记。

湘蘋词于明清易代之际有盛名，选本多及之。余藏清初刻众香词，今《词苑》《林下词选》《词汇》等多选其词。取校此本，每有异字。是诸选所据为初稿传钞之本，此则作者手定者也。十年前海宁赵万里来斋中观书，示以此册及李因《竹笑轩吟草》三集，斐云欢喜赞叹，出小册录行款序跋而去，而于他旧刻不如是之重也。斐云知书，更好诗余。湘蘋

《青玉案》《满江红》诸调，都能默诵。得此真赏，亦足快心。因录旧跋，牵连及之。忆余之得此，在江南初解放日。方为金陵镇扬之游，得书盈箧。归车过吴门，访书护龙街上，于文宝斋见新收旧书一屋，尚未理董，亦无细目，无从取阅。时方向晚，暮雨潇潇，姑随手抽取数册，此本在焉。后亦未更踪迹更有何种秘册。此种盛况，回思如梦矣。戊申五月夏至后一日，黄裳更跋。

庚戌八月初，归自江上，重写此跋遣日。试康熙汪时茂龙泉太阿墨，墨为友人所赠，珍惜不敢用，今始试之，佳妙可喜。墨长方挺，面行书双行云，光气冲牛斗，龙身宁久藏，填蓝。下汪时茂制四字，填金。背图双剑储锦囊中，金碧错彩。顶有龙泉太阿四小字，楷书填金。余箧中藏墨，程公瑜尊胜幢外，此为最旧矣。

乙卯三月中浣，重游此园。已十年不至，风景不殊，而联匾无存，转增荒秽。远香堂额乙转重雕，并割去书人姓氏，最堪笑也。翌日返沪，检此册，因记。试蕉叶白小端砚，外舅所遗也。

湘蘋此集，以小令中调长调分卷，不以撰作先后次第。词有作于甲申以前者，亦无时日可凭。唯长调满庭芳第一首词序，明著写于丁丑春，是为崇祯十年。与素庵序丁丑通籍后侨居都城西隅之言适合。谈孺木《国榷》卷九十六，崇祯十年三月甲寅，策贡士吴贞启等三百人于建极殿，赐刘同升陈之遴赵士春等进士及第出身有差。初温体仁首拟之遴，上乙之。是之遴见赏于乌程，被摈于庄烈之始。是其致憾于帝，由来旧矣。然湘蘋满庭芳词则别无怨怼，惟有感激。篝灯话，丝纶世掌，何以答尧天。书眉有旧人朱笔批曰“读至此，使人不能无憾”，是诚不能无憾也。词序云：“时中丞翁抚蓟奏捷，先太翁举万历进士，亦丁丑也。”中丞翁者陈祖苞。《国榷》同卷五月丙戌，陈祖苞为右佥都御史，整饬蓟辽边备巡抚顺天，即其事。未几而东师深入，京师告警。卢象昇死于枣庄，为一时大败。崇祯十一年十一月戊寅，《国榷》记，巡抚顺天右佥都御史陈祖苞免。杨绳武继之。明年三月又记，逮前巡抚顺天右佥都御史陈祖苞。此后兵科都给事中张缙彦疏失事五案，其第二案青山续入，首罪祖苞。杨嗣昌亦继奏失事五案，以陷城首罪祖苞。十一年八月诛五案失事诸臣三十二人，而祖苞不预，盖先仰药死于狱矣。湘蘋《满江红·感事》词云：“斧钺行边遗恨在，楼船横海随波灭。到而今，空有断肠碑，英雄业。”亦道其事。此词不知何时撰，似在甲申前居北时作。激楚慨慷，佳制也。或即撰于祖苞死后，之遴扶柩南归以前。《国榷》记故巡抚顺天陈祖苞先饮药死，子翰林编修之遴扶柩归。例请邮符。上以祖苞骫法，命之遴永不叙用。以极热衷之人，甫掇巍科、得史席，即构家难，更绝其仕进之途，炎凉冰炭，转瞬间事，何可堪也。野史记之遴丑行种种，似皆出常理外，其言有云，明吾仇也，大清与明亦仇也。于是其为二臣乃振振有词。此论至奇，以封建家法拟之，始终不能解。士大夫昌言君父，君父者何？能卵翼之，授以官，使夺民以自供者也。明遗民失其旧君父，而不知新君父固无异于旧者也。二臣如之遴辈则早绝于旧君父而喜新君父之能重我者也。其于遗民殆将以先知先觉自诩，徒以士夫群中遗民多而二臣少，不能不有惭于清议耳。湘蘋《满庭芳·寄素庵》词，殆作于素庵北上投清之顷，湘蘋时尚滞吴下，得信惊喜。其下片云：“别离虽未久，羁窗寒月，更胜从军。无端乡梦，绕越水吴云。惟有梅花耐雪，堪冷澹，伴我黄昏。鹊声喜，传来风阁，重典旧丝纶。”是亦以素庵得事新朝为大幸耳。旧人朱笔眉批曰：“可笑！诚到心肝刽子手也。”然未几而悔之，二臣滋味，亦殊不佳。素庵诗，“九逵冠盖真为戏，七尺须眉怪尚男”，妾妇之辱，二语尽之。湘蘋风流子同素庵感旧词，当作于顺治三年顷，忆崇祯十年素庵初入木天时事。“只如昨日事，回头想，早已十经秋。”上片所咏，与素庵前序可相发明。下片遂云：“便把红萱酿酒，只劝人愁。悔杀双飞彩翼，悮到瀛洲。”是已明言悔更出山，与吴梅村误尽平生之句，何相似耶。其见机之早，亦不易易。至唐多令感怀，青玉案吊古，皆为名制。求之当时作手，殆无与并。永遇乐舟中感旧更兼雄浑慨慷激楚苍凉之胜，“逝水残阳，龙归剑杳，多少英雄泪血。千古恨，河山如许，豪华一瞬抛撇”。此等句置《稼轩集》中，亦不可辨。谁知其出女史手下耶。余后亦尝见《浮云集》矣，后有词两卷，非无俊句，只不耐观，以视夫人，瞠乎后矣。非关才力，人品实限之，非可勉致者。因缀陈氏遗事，附论夫人词如此。后跋有子四人，容永即梅村婿，亦尝随戍，梅村为作思女诗者。

此集当刻于吴门，开板尚是晚明风气，纸则棉料，人间恐无二本。朱墨批不知出谁手，皆非浅人。吴陈遗事，余别撰《〈山茶花诗〉跋》详之，此不更赘。戊申六月初一夜，灯下跋此。更取别下斋旧格子纸，录旧跋数纸，手为装池，时梅雨连朝，玉兰花大如掌。以伤右股得数日闲，乃得竟此。试乾隆光被四表墨书。惜箧中狼毫将尽，无由更致，为可惜耳。黄裳记于来燕榭中。

读吴梅村太史《拙政园山茶歌》有感。

拙政园，长洲故大弘寺基也。其地林木绝胜。有王御史者，侵之以广其宫。后归徐氏最久。兵兴，为镇将所据。已而为吾家素庵相国得之。内有宝珠山茶三四株，交柯合理，得势争高。每花时巨丽鲜妍，纷披照瞩，为江南所仅见。相国自买此园，在政地十年不归，再经谴谪辽海，此花从未寓目。太仓吴太史与公为儿女姻家，作歌寄之。后公卒于谪所，迟十二年夫人徐氏始克上疏扶榇以还。道经吴门，一憩其地。夫人作长歌一篇，为宗人所传诵。先高祖赠太常公与公为同怀兄弟，俱被迁谪，至今已八十余年。盛衰转瞬，感慨系之。暇日读梅村之作，为拟其体，踏歌如左。

吴门第宅最繁华，卜筑名园傍水斜。虎掷龙拏频易主，春风管领相公家。相公出入含香署，梦绕江南歌舞处。千金买得好风光，日与游人供燕醵。几处楼台曲沼通，游人惊见数株红。奇芬绝艳春风里，万朵千苞落日中。多少游人来此地，花前把酒论前事。桑田变海谷为陵，不觉重来风景异。最前年属梵王居，色相光华号宝珠。春盛秋衰开又落，优昙一瞬感真如。雨打风吹花谢去，相公昨夜龙庭戍。十年黯黯主人情，万里迢迢迁客路。春风岁岁花枝殷，头白羁人竟不还。看取残红千万点，令人疑作泪痕斑。朱栏粉榭凋风雨，海燕来巢蛛网户。流水斜阳过客稀，名花从此开无主。转眼韶华二十年，闺中扶匶始言旋。一家骨肉花前坐，相对残枝更黯然。延陵太史神仙客，曾以亲家同禁密。作歌久欲望公归，岂意公归竟无日。旧事依稀话断肠，百年人物感兴亡。至今茂苑花何似，读罢新歌恨转长。

右海宁陈莱孝敳贞诗，在乾隆己卯刻《谁园诗钞》中。戋戋小册，得于湖上。平馆善本乙目中有此，并著稿本诗钞二三四集，又古文三卷、骈文二卷，古文拾遗二卷，皆未刊。莱孝诗殊不佳，不堪与梅村歌行比，以其存徐陈故事，聊为录之。其诗序所记实最详。知湘蘋尚有长歌，惜不可见。庚戌七月三十日，海滨归来，久旱得雨，新凉可人。试乾隆吴玉山砚云斋薇露浣墨，和以嘉庆汪节庵慈孝里人漆烟墨，又尺木堂研经校史墨，李福寿鹿狼毫小书画笔书。纸笔墨砚皆为珍物，独惜书法拙劣为憾耳。黄裳。

《拙政园诗余》，茂苑徐灿湘蘋氏著。以小令、中调、长调分为三卷，卷前各有目。顺治刻，七行，十七字。

白口，单边。版心上题书名，下有初集二字。前有顺治庚寅长至素庵居士序，尾有癸巳孟冬男坚永、容永、奋永、堪永跋。收藏有“江山刘履芬彦清父收得”（朱方）、“王仁俊”（白朱文方印）、“荫福堂印”（朱方）。卷中有朱墨笔批，封面旧题云“长洲女史徐湘蘋词。感蕤居士题赠眉修腻友披吟。光绪乙巳重九写于红豆山房”。卷尾俞跋云：

“昔于选本见徐湘蘋词，赏其水龙吟合欢花下流连一阕，犹忆及之。顷黄裳兄示以斯集顺治刻本，历劫幸存，良堪永玩。其词令慢并工，长调尤胜。以妍妙丽则之辞，写家国身世之感，称为词媛名家，洵不虚也。虽名拙政园诗余，而与园之关系殊浅，素庵既从未寓目，夫人于十二年后，归过吴门，亦只一憩其地，赋长歌以示宗人。陈微贞谁园诗钞载其事，并云，一家骨肉花前坐，相对残枝更黯然。是湘蘋原作，必甚悲哀，惜今不可见。近人笔记中言其画佛奉母以终，虽未详何据，亦合情理。省其兼工诗画，今皆失传。藉此词编，长留馨逸。岂惟以孤本见珍哉。黄裳属题，即希教正。一九八零庚申岁谷雨，俞平伯识于京寓。［下钤二印：‘德清俞氏’（朱方）、‘平伯八十后所书’（白方）］

谁园歌云，至今茂苑花何似，虽作问句，山茶当尚在，若曲园公拙政园歌云，莫问茶花如旧不，语兼否定，盖已毁于兵火矣。平再记。”

卷尾叶跋云："久不得黄裳兄音问，去夏始获来书，喜甚。近一二年间，常于各种杂志见所为访书藏书之笔录，知其癖好已深，造诣至卓，愧为门外，不胜倾慕之情。顷承以《拙政园诗余》属题，则俞平翁题语先就。诵其题语，然后览湘蘋词，于词之评品及集以拙政名而与园无关，尝莅园赋长歌而今不得见，皆与平翁有同感。拙政园者，余自幼常涉。三十年来每到苏亦必一往。前夏割除胆结石，体气颇衰，未识能再访否。又年来目力大不济，览书报眼镜放大镜并用，犹复辨认难真。忽发奇想，安得书报大书精雕如此集者耶？一九八零年五月一日叶圣陶于晴窗下题。"此叶为圣翁手题，未终卷，盖已易数纸矣，遂以草稿见示，请缮录足之。匆匆已数年，今日饭后弄笔，因为写完装之。甲子三月十七日。

阮亭诗余略

甲午重阳前二日海上收。小燕记。

此清初阮亭词初刻零种，绝罕传本。得之冷摊上，不知共有几种也。会检理旧藏诗余佳本，遂取此重装藏之，亦珍物已。丙申立夏日，重展记事。黄裳。

此初刻单行本，流传绝罕。只《仰视千七百二十九鹤斋丛书》曾重刻之。然亦不言所据何本，且灭去诗余略丙申字样，禛亦改祯，何其妄也。此阮亭少年时撰，丙申为顺治十三年，不题新朝年号，刻行当亦在其时，时阮亭方二十三也。后十三年乃刻三十二前所作诗二十二卷于吴下。凡此皆可补渔洋故事，因为拈出。戊戌十月廿九日重跋，小燕。

《阮亭诗余略丙申》，清初刻本。九行，二十一字。白口，单边。写刻甚精。属瑯琊王士禛贻上著，同里丘石常子廪、徐夜东痴评。前有宛陵年家社盟弟唐允甲、东武年家社盟弟丘石常、南昌年社盟弟丁弘诲、兰陵年同学弟邹祗谟、吴畯同学社盟弟沈履夏、同里社盟弟徐夜序，阮亭主人王士禛记。

焦山古鼎图诗

清初刻。九行，二十字。白口，单边。武乡程康庄序，泾阳雷士俊序，甦庵老人方拱乾诗，次古鼎图式，程邃摹。次鼎铭、释文，次王士禄西樵古鼎歌，王士禛贻上古鼎诗。后有垢区程邃跋。

劝影堂词

先著明末人，曾与程丹问有词洁之选，别具手眼。久欲求其词集读之而未可得也。今乃得之侯官林氏家，为之狂喜。乙未八月杪，来燕榭记。

卷中有寄怀石涛上人广陵词，颇可见大涤生平。先迁甫集罕见，近人考石涛遗事者，俱未见此。卷上有小记云，以上二十余阕，皆作于庚申辛酉间，是康熙十九二十年也。又云以后数十阕亦作于此时。可见寄石涛词作年，并知一枝栖正在长干。癸亥岁晚拥炉观故书，漫记卷端。

《之溪老生集》《劝影堂词》三卷，康熙刻。十一行，二十一字。白口，单边。每卷前有目。卷首大题下有壬辰四月杪，之溪老生自记。徐乃昌藏，有手跋："汪氏振绮堂书录，之溪老生集，国朝先著撰。字蠲斋，又字染庵，号盍旦子。自泸州迁南京十世矣。光绪丁未夏日，南陵徐乃昌记于小檀栾室。"下钤二印，"冰弘"（朱长圆）、"小檀栾室"（朱长圆）。

凝香集

今日天雨，午后偕燕出游，于静安寺汪估许闻新收旧刻词集一种，已为萃古估人得去，即过而请观，展卷惊喜，即得之归。较原值已昂一倍，不之惜也。祥裔陈氏，本姓乔，所撰《蜀都碎事》，余藏卢青厓汪启淑所藏二本，去岁挟以入蜀，颇资参考。知其有此词集，而未做入藏之想，何幸遇于一旦，真胜缘也。旧为叶玉虎物，不知何时流出者。戊戌四月初一日，灯前漫记。黄裳。

《凝香集》四卷，宦隐子祥裔耦渔氏著。康熙刻。九行，十九字。上下黑口，左右双边。前有康熙辛未西湖李式琏若贡氏序，次目录，收藏有“叶恭绰印”白文方印。扉叶题“漱雪轩藏板”。

玉玲珑山阁集

《贩书偶记》云：“《杜陵绮语》一卷，嘉善蒋光祖撰；《小舟丘词》一卷，嘉善柯煜撰；《撷影词》一卷，前人撰；《玉玲珑山阁集》一卷，湖州沈树本撰。”康熙刻，不知即是此刻否。余收此本于沈氏后人，同来者尚有沈时栋《瘦吟楼词》一卷，亦康熙刻也。此册前更附华萼轩赋集，版式并同，当是家刻之本。乙未秋分前二日，黄裳。

乙丑七月廿九日理书及此。程千帆假旧本诗余数百册去影印，此其一也。黄裳记。

《玉玲珑山阁集》，湖州沈树本厚余撰。康熙刻。十行，十九字。上下黑口，单边。有柯煜序。

香草词

癸巳八月湖上收，小燕黄裳。

晴山词曾刻入聂晋人《百名家词钞》，同与选内者有从弟弭恭，世所称二何子者也。此本刻于乾隆中，已数十年后，却为家刻单行之本。雕椠精雅，实为佳册。戊寅八月理书及此，更跋。

《香草词》，渠阳何鼎晴山著，男经方、经文、起贵，孙焕、熠、烪校订。乾隆刻。十行，二十一字。白口，四周双边。版心下有寿山堂三字。前有乾隆十二年胡师鸿跋。后附吴绮、丁澎、聂先评，男经文跋。

空翠集

此词集亦刻于康熙中。估人执以为明人之作，索石米去。余亦勉收之。蒋大鸿序称《空翠词》与吴伯憩《吹香词》并为越中名作手。《吹香词》之康熙刻者去岁得于湖上，有吴郎乐府小印，甚爱重之，此本遂不欲失之，当重装并储之。伯憩词曾选入曾王孙《名家词钞》，此本却无著录，知清初词人之不为世所知者多矣。乙未上元前一日，坐来燕榭中听雨记。黄裳。

余箧中有王吴二集，刻工如一。因疑此是越中词人汇刻之本，不知共有几家，世未尝见，亦诗余一秘册也。漫阅一过，不脱明人气息，然铸字练词，自多意匠。蒋徐两序，作者皆晚明人；曼仙亦甲乙之际人物也。戊戌重阳日，雨窗记。

《空翠集》三卷，兰亭王倩曼仙撰。康熙刻。十行，二十二字。华亭蒋平阶大鸿序，耶溪徐沁野公序。

徐电发刻三家词

《香严斋词》

此龚芝麓《香严斋词》初刻本，今日获之石麒许，至可喜也。《定山堂集》所见皆近刻全集本，原刻单行者传世绝罕。过岭集犹有著录之者，至此词集则从未知有原刻，况为徐电发所刊者耶。郁达夫诗云：“尚书白发老江湖，卅二芙蓉句不磨。莫怪临危艰授命，只因无奈顾横波。”婉而多讽，余深喜之，因附录于此。壬辰芒种前日，黄裳小燕。

癸巳正月廿二日，奉母游吴门，小住二日。漫行拙政园虎丘山塘之间，春风骀荡，甚快事也，适此三十二芙蓉斋词装讫，遂手携以归。忆御史园中曾见洪钧书三十六鸳鸯馆一榜，却可与此并观。黄裳小燕记。

此余所收词籍精本之一。电发所刻，不只此种。续收尚有《棠村词》初二刻、汪懋麟《锦瑟词》及自撰《菊庄词》，皆同时刻也，而龚词最稀见。芝麓才情甚富，故国丘墟，不甘寂寞，与陈素庵盖是一流人物，自知青史无缘，更不自讳其行止。此卷中多为眉楼主人所制，冶荡绵丽，殆可作情史读。然较羡门品格自高，阮亭所评，殆未为真赏也。晴窗重展，更为跋此。庚子八月廿四日，西渡归来记。黄裳小燕。

芝麓“烛影摇红。方密之索赋催妆，即用其韵”词前有小序。曾王孙《名家词钞》本全削去，赖此本仅存。此原刻之妙也，为补之于此。

何来才子，自负多情。选艳花丛，既眼苛于冀北；效颦桃叶，空梦绕乎江南。无处寻愁，歌燕市酒人之曲；有官割肉，悭金门少妇之缘。愿得一心，合为双璧。今且穷搜粉谱，恰遇丽姝；绾髻相思，能诵义山之句，投珠未嫁，欣挑客座之琴。眉黛若远山，脸际若芙蕖，风流放诞，惊绝世之佳人。玉钗挂臣冠，罗袖拂臣衣，微笑迁延，快上国之公子。锦茵角枕，良夜未央，白雪幽兰，新欢方洽。兼以花枰月拍，并是慧心，璧版乌丝，时呈纤手。搴玉堂之红药，比金屋之奇姿。可谓胜绝一时，风华千载者矣。昔宋玉口多微词，自许温柔之祖，而其告楚王曰，天下之美无如臣里，臣里无如东家之子。嘻，何隘也。燕赵多佳，夙矜名贵，文鸳择棲，未肯匹凡鸟耳。岂必听子夜于吴趋，载莫愁于烟艇，乃称雅合哉。

《香严斋词》，庐江龚鼎孳撰。康熙刻。十行，十九字。上下黑口，四周双边。前有康熙壬子长洲后学尤侗序，“康熙壬子花朝吴门后学宋实颖题于小山云之老易轩”序。次《香严斋词话》，次目录。目后有双行牌记云“吴江徐釚电发校镌”。卷尾有徐釚跋，又“长洲吴蔼、吴县宋景琪、平湖叶舒崇、嘉兴计烝仝校”两行，有旧人朱笔评曰：“尚书词，于绵丽温润之中，别具一种天香国色，令人心意俱尽。则以豪才博学，寄托于浓情艳语之间，虽极铺设藻绘，但见为大雅不群耳。低手效之，非轻儇即软俗矣。东海徐昆山评。”收藏有“积学斋徐乃昌藏书”（朱文长印）。

棠村词初二刻

此《棠村词初二刻》，传本至稀。与龚芝麓汪懋麟词刊刻正同，殆皆徐电发所刻。龚汪二集余皆有之，今更收此，可以并储矣。板片颇断裂，当从他选本一为校补之。乙未九月十五日，黄裳记。

《棠村词》，真定梁清标玉立父著。康熙刻。十行，十九字。上下黑口，四周双边。前有“康熙丙辰人日西泠年后学丁澎敬题于扶荔堂”序，“康熙癸丑夏月江都受业汪懋麟拜撰”序。次“康熙壬戌扬州门下士汪懋麟”撰词话，次壬戌禾城金硕鼐、钱唐吴仪一题辞，次词话，目录。以上为电发初刻。

《棠村词》二刻，真定梁清标撰。前有目录，行款同。后有侄男允植跋，略云龚梁两集，电发刻于吴郡，已风行海内，后允植更搜集叔父前后诸稿，与电发重为校订，电发更劝增梅村祭酒词，并为三先生诗余行世。不知梅村词后果刻行否。后又有康熙甲寅吴江受业徐釚跋，癸丑侄男天植跋，戊冬犹子允桓跋。是为二集。扉叶题“棠村词二刻”。

《锦瑟词》

《锦瑟词》清初词总集中多收入之。此为原刻，自可珍重。刻工与《香严斋词》并同，读梁允植序，知果为电发所刻，因与龚词并藏。乙未九秋。

《锦瑟词》，扬州汪懋麟撰。康熙刻，行款同前。前有魏塘曹尔堪序，东原宗元鼎序，康熙丙辰柳村梁允植序，次锦瑟词话，附锦瑟酬赠词，目录。

幻花庵词钞

辛卯六月初八日病起，午后偶过萃古斋，于新收故书堆中检得此集又《碧箫词》二册，即论价携归，颇以为快。清人词集至富，不能尽收，然遇精刊小册，仍不欲弃置。此集有雍正戊申原刊本，此则乾隆精写刻本也。有旧人批校，不属姓氏，然年代则与作者颇近也。漫题卷耑。

此本自是初刻。《贩书偶记》云有雍正刻，孙君未见沈金二序，据自叙定其刊刻时代，殆误。重为跋此，以彰旧日之失。乙未上元，来燕榭坐雨书。

此本刊极工，秀雅无俦。余与张商言《碧箫词》同得之萃古斋，为收诗余之始。后得此种几数百册，旧刻亦多。然仍不能不推此为俊物也。癸亥春分前日展书记。黄裳。

《幻花庵词钞》八卷，华亭张梁大木，男梦鳌校字。乾隆刻。十行，十九字。白口，左右双边。前有乾隆己卯腊八日醉红游子沈大成书于玉勾洞天序，乾隆己卯全椒后学金兆燕序，目录。旧人墨笔批，其一则在玉京秋词眉上，词是送别陈秋田作，批云："秋田先生留别词曾书扇头赠先祖珠岩公，词句既工，书法亦极华妙，今尚藏余处。"可知批者身世。

杕左堂词

乙未正月，吴下估人以吴兔床校本书示余，并告有清初刻本词集数种，即嘱寄来。今日书至，凡五七种，皆不经见者，可喜也。因谙卷尾。立春日晴窗记。

集前有楼俨序。俨字敬思，西浦人，词学甚精。余有其《蓑笠轩仅存稿》四册，乾隆刻，钱江何梦华遗书也。此集恺似外孙程说岩与俨同付剞劂者也。黄裳。

《杕左堂词》四卷，嘉定孙致弥恺次填。康雍之际刻。九行，二十字。上下黑口，左右双边。前有钱唐同学弟吴秋原序，略云："孙子恺似，所称忠孝家儿也。其祖中丞公，自请缨开阃，终身不忘为国丧元之志，而其下褊裨厮养，皆能以其材伎勇健，树勋名而建大业，宜乎恺似之心益悲以深，益壮以婉，凄以切，折而出于诗余小令之作，如羌之笛、闺之砧，令闻者读者为之黯然而销魂，悲哉而夺气也。……恺似尝为余言，柳永周邦彦非词之至者，予深然之。夫周柳乌知圣贤忠孝之大者邪！知之，则不奉填词之敕，不入师师之床下矣。"貌似论词，实有深意，词尤诙诡。其下更有受业楼俨序。每卷尾有校字题名，中有戴范云机又，亦嘉定名士也。集四卷，卷一为《别花余事》，卷二三为《梅汭词》，卷四为《衲琴词》。收藏有“半壑居士”（朱方）。

万石山房词

乙未二月初七日海上收。黄裳记。

启元尚有《秀濯堂诗》，不分卷，题鄣山吴启元青霞，前有成都费密序，又黄元治序，汪士鋐序，自序。末附上方山记，钱唐邹氏藏书。余得之来青阁，正可与此并储。二本非刻于一时，而前后得之两肆，甚妙事也。此卷前有王一元序，一元有岁寒咏物词，亦康熙刻，精甚。余得之故家，卷前有作者名印。附识于此。甲辰十一月廿四日，黄裳记。

《万石山房词》，新安吴启元青霞撰。康熙刻。小字精雕，十行，廿一字。白口，左右双边。前有康熙辛巳梁溪同学弟王一元题于燕山寄园之无波艇序，康熙乙丑休宁吴启元自序，词目。收藏有“吴兴凌氏□平父所藏书”（朱方）、“归安凌氏鸿术堂藏书记”（朱长）。

红萼词

乙未九秋收此《红萼词》二卷于侯官林氏。同得者尚有孔西铭《清涛词》二卷，亦康熙刻也。传铎所刻词牌，余亦有一本，刊刻精甚，附识于此。黄裳小燕。

《红萼词》二卷，阙里孔传铎牖民著，梁溪顾彩天石评，弟传志西铭参。康熙刻。九行，十九字。白口，左右双边。梁溪顾彩序，丙戌黄郑琚序，自为小引。卷尾有男继濩、继溥较辑一行。

若庵诗余

壬辰立夏前四日，得此若庵集二本，仅存三四两卷，《诗余》及《停骖随笔》都全。同得尚有郭棐《西阳正组》残册，皆罕见。黄裳记。

余收清人诗余颇富，亦多附全集末者，此为残卷，词集却全，可以单行，遂重装藏之。甲午腊月初五日，理书记。

若庵此集颇有与楝亭倡和之什。周玉言兄搜曹家故事甚勤而未见此，当寄之钞存，或可于考证小有裨益。甲辰二月初二日重检书记。

《若庵集》卷三《诗余》，江南程庭且硕撰。康熙刻。十行，十九字。白口，左右双边。丁酉沪州同学先著序，目录。卷三有满江红题杨安城先生补臂图一阕，有小序，纪祁李事最详，早于他书。其词云：

“先生向急友朋之难。同李先生兼汝祁先生奕喜遣戍辽左，因相与绘出塞一图。三人共坐莎草中，先生以臂加李先生肩后。李祁俱殁，先生裂图分畀其子。而所加之臂亦并剪去。臂乃作楚。久之，夫人心悟其故，因缀纸画臂以补之，痛遂止云。”

栩园词弃稿

余年来肆力收词集，所获不下百种。明刻多总集选本，清刻嘉庆以后刻常见者不之收。清初刻词集最为稀觏，每有所见辄收之以为快。此陈秋田词稿得之吴下文学山房，同得尚有孙恺似《杕左堂词》、项莲生《忆云词》甲乙稿、王曼仙《空翠集》、张四科《响山词》等，皆罕见难求，殆初春来第一快事也。诸集尚未有价，辄先作题记，并加钤记。书痴如此，亦可一笑也。甲午立春日灯下记。

得此本后更收旧刻诗余百许种于侯官林氏，亦有此本，扉叶犹存，因拆下装于此本前。昆陵且朴斋镌，又名临风笛谱，此皆有关版本，虽细事亦可纪也。丙申元月初二日。

《栩园词弃稿》四卷，昆陵陈聂恒曾起一字秋田撰。康熙刻。十行，十九字。上下黑口，左右双边。前有顾梁汾先生书，曲阿岑居贺宽序，甲申自序。目录。

扶荔词

乙未九月初三日收得。药园词多在总集中，皆非完本。此旧刻单行为最善矣。侯官林氏得徐积余藏词甚多，身后散出，分割入市，总集最先出，单本词无人过问。余请李蔬畦作介访其寓，尚余两架，选取多种，颇多旧刻。此其一也。黄裳记。

《扶荔词》四卷，仁和丁澎药园撰。莱阳宋琬荔裳、禹航严沆颢亭选，康熙刻。九行，二十一字。白口，左右双边。前有康熙戊申年弟梁清标序，广陵宗元鼎梅岑扶荔词记。目录。卷四为词变。卷三尾有“孙丁谦、乾、坤、震重校订”一行。

陆仲子遗稿

乙未九月初三日收得。此罕传佳刻也。卷首吴序，文情俱胜。才人沦落，遗稿仅存，百世之下，实当护惜。震为郑燮师，卷中有《郑克柔述梦》一词。扬之兴化人，姓陆氏，字仲远，行二。又字仲子，又榕村北郭生，蓼村、种园皆其别号。黄裳记。

《陆仲子遗稿》，兴化陆震仲远甫著。雍正刻。九行，二十一字。白口，左右双边。前有雍正六年古歙溪南同学弟吴弘谟序，次目录。前有封面，题敦复堂藏板，又有朱记三行，文云："陆先生词集，代为刊刻，期以行世。原非觅利，亦无力送人，只取纸价装印四分。敦复堂谨白。"

情田词

此《情田词》三卷，旧钞本。有周松霭藏印，得之沈某许，甚得意也。此书道光中六世孙甲名曾墨板于粤东。此钞远在百年以前，岂不可重。挟书归来，漫记数语。壬辰五月十八日，黄裳小燕识。

上月在京，观周叔弢藏书。中有宋板陶集，松霭藏印累累，前有荛翁长跋，言其挥泪去书之状，殊堪怅惋。此册亦出礼陶斋，故自可珍也。壬辰九秋，黄裳记。

《情田词》三卷，大兴邵瑸柯亭著。旧钞，抄白，九行，二十二字。前有康熙二十年辛酉小春红藕庄龚翔麟序，康熙戊子自序，又自题诗四律，属石帆山人自识。次目录。收藏有“周春”（白方）、“松霭”（朱方）。

弹指词

《弹指词》余有乾隆积书岩家刻本，甚精。唯是后来正定者，校以名家词钞本，异字累累。欲求梁汾初稿读之，久而未获。今得此雍正姚刻本，系从原刻翻出，原本当刻于康熙中，尚是本来面目，不禁大快。灯下题记，丙申春日。

《弹指词》三卷，锡山顾贞观梁汾著，同里杜诏紫纶，华亭姚廷谦平山订。雍正刻。十行，二十一字。上下黑口，左右双边。前有雍正甲辰浣花词客杜诏序，雍正甲辰华亭姚廷谦序。收藏有“黄氏借竹宧藏书”（白方）、“黄第十三”（朱方）、“徐乃昌马韵芬夫妇印”（朱文扁方）。

北湖三家词钞

此《北湖三家词钞》，罕见佳本也。刻于嘉庆中而作者皆清初人。里堂一跋，情文俱至，知其感慨深矣。坦庵道人有词曲数种，刻于康熙中。买花钱、拈花笑、大转轮、浮西施皆是也。而所著毁于乙酉之难者且三百余卷，吁，可慨已。丙申上元日得此于林氏子。雨夜作记。

《北湖三家词钞》，嘉庆刻。九行，二十一字。白口，左右双边。版心下有白茆草堂四字。前有嘉庆庚午甘泉吴康序。后有嘉庆庚午黄珏桥人焦循书于半九书塾之雕菰楼跋。三家者邗上徐石麒字又陵号坦庵，有《甕吟》一卷《且谣》一卷《美人词》一卷，附女延香主人徐氏元端《诗余绣闲集》一卷。江都罗煜字然倩号霞汀，霞汀《诗余》一卷。江都范荃字德一，号石湖又号盟鸥野老春雨词一卷，《秋吟》一卷，《秋花杂咏》一卷，《柳塘﨟语》一卷，《今之石湖词》一卷。藏书有“积学斋”朱文长印。

万青阁诗余

今日傍晚过石麒家，为购祁承㸁致诸子札稿也。书尚未至，爽然意尽。问可有何书，告有此词集二册，颇罕传，遂携归也。壬辰十一月初二日。

甲午三月廿四日漫阅。雨声如洗，念远怀人，更那堪读无题诸什也。小燕书。

《万青阁诗余》附《补遗》，浙岸赵吉士恒夫著，受业贵阳江闿辰六、铁岭吴一元宛仙较评，康熙刻。九行，十九字。白口，四周双边。前有海昌通家子查嗣瑮序，康熙丁丑吴一元序。收藏有“听云斋真赏”（白方）、“叶印恩颐”（朱方）、“愚斋图书馆藏”（朱方）。

春华阁词

来燕榭所藏诗余善本。乙未九秋，小燕。

闽县林子有葆恒藏词甚富，徐积余曾以诗余数十箱归之。林氏所藏大抵积学斋故物也。子有殁后，诸子售楹书，秀州书社买得最早，余得讯晚，其陈子龙词及罗群草等已为蛰存买去，两书皆松江人著作也。后来青阁继至，捆载清初刻总集俱去，如《倚声初集》、留松阁十六家等约七八种，余皆幸而得之。至零种小词，皆诸估弃而不顾者，尚两大橱。余请李蔬畦作缘，得去其家遍观，选取数十种归。其中不乏精善之本，此汪对琴词其一也。嘉道以后所刻，未及遍收，至今惜之。戊寅七月十八日，检理旧藏及此，因记得书始末。

《春华阁词》二卷，扬州汪棣对琴撰。乾隆刻。九行，二十字。白口，双边。刻特精雅。前有唐堂老人黄之隽序，陈撰序，符曾序，张四科跋，乾隆庚寅凌应曾跋。辛卯王鸣盛序，江恂序。沈大成、钱大昕题辞。目录。收藏有“积学斋徐乃昌藏书”（朱方）、“讱盦经眼”（白方）。

琢春词

研南此集刊刻精绝，流转颇稀。玉几一序，手书上板，自然大雅，于所作称许甚至，然殊非溢美。漫读一过，齿颊留芬，清词中一作手也。然名字不彰，知之者少。他年当为流布之。己未大暑重展因记，黄裳。

陈撰玉几，久客邗上。自属鄞人或杭人，文采风流，照映一世，然传状无存，人莫知其身世。研南与玉几为数十年老友，悉其生平荣悴。谱声声慢，有词序云："玉几先生，饶有田庐，弹琴歌诗，堪永朝夕。事起意外，萧然屡空。年来奔走南北，息影何期。乃画秋林读书图以寄意，亦可悲已。余与定交垂三十年，悉其荣悴消长之故，辱承命笔，乌得无言。"是传记好资料也。又有题柳如是小照词，小注中记一事，似亦不为人知。"柳归钱后，重招昔年歌侣，开筵款洽。时钱有门生某亦在座，跪捧一觞，高呼师母，柳一饮而尽。"可入河东君遗事辑中。研南于南宋词人，最崇白石，有西江月，题姜白石词卷一阕。"笔染沧江红月，思穿冷岫孤云。淡然南宋古遗民，抹煞词坛衮衮。就令秦郎色减，何嫌柳七声吞。将金铸像日三薰，舌底宫商细问。"研南从符药林得姜词之楼敬思钞钱希武本。手写一本，此词当即当日题于本上者。此本九十年前陈方恪得于吴门，以诒朱孝臧，叹为佳本，云“江氏手自写校，未付剞人，亥豕之嫌，自较（张、陆）二刻为少。”孝臧更聚诸本校定付刊，即《彊村丛书》本也。校刻之精，为姜词善本。白石集流传故实，不意于此词集中见之，诚快事已。戊寅中秋后二日，重读记。

《琢春词》二卷，杭州江炳炎研南著。乾隆刻。十行，二十一字。白口，单边。前有“乾隆丁巳中秋同学弟陈撰书于真州之净交芦室”序。收藏有“积学斋徐乃昌藏书”（朱长）、“徐乃昌马韵芬夫妇印”（朱文扁方印）。

小山诗余

时翔字抱翼，太仓人。与同里顾陈垿齐名。乾隆九年卒，年七十。陈垿为传行状。所撰尚有《小山诗初稿》二卷，《续稿》四卷，《后稿》二卷，起康熙丙戌丁亥，迄乾隆甲子。诗较兄时宪所作为胜，渔洋、竹垞亟称之。南陵徐氏聚词甚富，皆为原刻。往往去其诗文，独留词作，甚可憾惜。当日或取残卷集成，亦未可知。秋晴展卷，漫记数语。距初得此已十一年矣。丙午九月十八日记。

《小山诗余》四卷，太仓王时翔抱翼填。原字皋谟，乾隆刻。十一行，二十一字。白口，左右双边。前有目录。四卷分题《香涛集》《绀寒集》《青绡乐府》《初禅绮语》《旗亭梦呓》。卷尾题"男景元校刊"。收藏有"积学斋"（朱长）。

碧箫词

辛卯六月初八日萃古斋收。

余旧藏《今词苑》三卷，刊于康熙辛亥，板式与此全同。板心下题南磵山房四字。皆汲古遗风也。明日将北行，此夕灯前展卷，漫书数语于后。辛卯大暑。

此书入《北平图书馆善本乙目》，罕传可知。年来颇收清人词集，有数十种矣，此亦文苑中之别国也。枯桐引凤，借此孙枝。它年得臻美富，此本可为压卷。壬辰正月初八日。

得此后五年，更收《竹叶庵文集》三十三卷，亦乾隆刻，却远逊此本之精。虽题文集，实皆诗词之属，旧为徐紫珊藏本。小燕更书。

此《碧箫词》五卷，乾隆中刊本。刻工与毛氏诸种绝类，殆亦汲古代刊书之一也。余前得今词苑，康熙刻，板心下有南磵山房四字，刊刻与此正同。又尝得《余澹心集》数种，有浣华草堂牌记，亦琴川毛氏代刻者。毛氏刊书，人皆知有汲古阁，不知前有绿君亭，后有此数种。亭轩斋馆，随意取名，代刻之书，宜从主人。文人结习，不足怪也。惟毛氏刊书于中国雕版史上位置綦重，此皆不可不知者。辛卯六月初九日。

《碧箫词》五卷，吴县张埙商言著，同郡盛晓心云思辑。乾隆刻。八行，十八字。白口，单边。版心下有“四雨庄”三字。前有汪俊、薛雪、葛丙、孙见龙、郑廷旸、蒋士铨等题词，又续刻。每卷前有目。卷五为词余，后附道情四首，有跋云：“铅山蒋莘畬极诋道情为不入品，吴江徐灵胎则奉道情声调为绝唱，二君皆好为已甚。扬州郑板桥曾依此调演为十首，颇可消遣。盖简板愚鼓，宜是声口，若欲增减字数以强就北要孩儿为入品，不可也。并欲自度古腔如灵胎之一调缠绵至二三百字，不必也。留心顾曲，彼南北宫正律，以讹传讹，论正不暇，而必以逸调杂腔，与道童盲妇争短较长，不自苦乎。丙子小除夕，瘦铜词客张埙桑弦跋于竹叶庵。”

玉钩草堂词

此郑枫人词三卷，传本绝稀。今日偶得于古书店中，且为千墨庵中故物，卷尾有简香手跋一行，大可珍重。丁酉四月十八日，黄裳记。

《简庄文钞》卷二有此词序，此本初刻，延介序在前一年，时仲鱼序尚未就也。今据文钞原本补此序，以完故事。陈序成于嘉庆九年，记一事云：“忆曾命鳣隶书曹楝亭句作楹帖云，偁心岁月荒唐过，垂老文章忧患成，盖寓感也。”枫人为戴延介外舅，曾刻杜诗，雕椠颇精。郑元勋为枫人高祖，家有影园。此集卷三有扬州慢词，即道影园故事者。丁酉闰八月廿七日，天阴欲雨，重展并跋。

此本为贝简香故物，且有手跋，自可珍重。然卷中墨笔圈点多误，且有不可通处，是贝先生不谙词律且并不知文义也。余别藏有徐乾学集，为徐紫珊故物，卷首有朱笔圈点，数叶即止。其误加句读处与此正同。又改刻本字为帖体，睹之笑人。因知名士未必皆通文墨，岂不重可叹息乎。乙巳八月初八夜，试新得尺木斋墨书。

《玉勾草堂词》三卷，仪征郑沄枫人撰。嘉庆刻。十行，二十字。白口，左右双边。前有嘉庆八年休宁戴延介书于银藤花馆序。卷末有钱塘倪稻孙校一行。收藏有“贝墉曾读”朱文长印。卷尾有墨笔跋：“庚午仲夏梅雨连宵，静坐吉金轩，展读一过，以消岑寂。简香学人。”

银藤花馆词

丙申春日海上所收，黄裳记。

此积余所收乡邦文献之一，甚珍重之。生前未以之归林子有，身后由幼子售出，余得数十种，尚有方成培词，亦原刻精绝。此集中有高阳台词，有小序：“拂水山庄遗址无存。余以秋日，经行其迹，但见一片寒烟蔓草而已。”下片云：“涧东老去颓唐甚，爇金鑪心字，枉拜空王。死后生前，都应愧煞红粧。美人笑吐如兰气，化虹霓不化鸳鸯。趁西风燕子徘徊，同话苍凉。”又有眉妩词，小序云“柳如是砚为吴竹桥仪部赋”，词中小注云“砚背镌秋水阁印，印上有如是小款”，“砚右有壬午二字”。余辑河东君事辑，曾收入此两则。辛丑春日记。

《银藤花馆词》四卷，休宁戴延介受兹撰。嘉庆绿华楼刻。十一行，十九字。白口，左右双边。嘉庆戊辰吴锡麒序。收藏有“玉绳长物”白文方印。

翦云楼词

乙未夏日收于海上。黄裳小燕来燕榭中记事。

辛丑新正，偶阅《劳氏碎金》，著录倪米楼《云林堂词》五卷，为《翦云词》《芦中秋瑟谱》《梦隐词》《酒边花外词》《海沤剩词》。此本为《翦云词》之初刻本，季言亦未尝见也。道人生于乾隆三十九年甲午，卒于嘉庆二十三年戊寅，年四十六。其自识印记有梦隐子、鹤林外史、西湖梦隐、稻孙、米楼、梦隐庵、燕雁无心等。余曾得米楼手抄《南史》一册，小行楷甚工整。于此记之。黄裳。

己未夏至前一日，此卷历劫归来，故人无恙，喜可知也。来燕榭中记事。

《翦云楼词》，仁和倪稻孙米楼著。乾隆刻。十行，二十一字。白口，左右双边。钱唐吴锡麒序。扉叶书名下属“覃溪为米楼题”。收藏有“孙元岂”（白方）、“蕴生珍赏之章”（朱长）。

生香馆诗词

庚寅春二月初十日，雨夕，海上所收。

徐积余藏闺集至富，收不胜收。只选其精罕者留之。此集刊刻精绝，于清刻中不易多得。佩金为李虎观女，虎观有《小蓬莱山馆遗集》，生香诸作附后，此则别出单行者。诗词皆宛妙可诵，非寻常闺中笔墨也。戊寅八月十八日。

《生香馆诗》二卷，词二卷，长洲李佩金纫兰著，嘉庆刻。十一行，十九字。白口，左右双边。版心上记字数。前有壬戌金匮杨芸蕊渊序，后有嘉庆己卯遂初居士孙均跋。每卷尾有篆书双行牌记："嘉庆己卯开雕于吴门"，又楷书一行云"长洲许翰屏仿宋书周宜和董刊"。卷中有孙古云、陈鸿寿、郭频伽、彭甘亭等旧印，亦一一抚入，精妙非常。收藏有"朱七词章"（朱方）、"么凤词人"（朱方）、"积学斋"（朱长）。

听奕轩小稿

仰松撰《雷峰塔传奇》，有名于时。刊刻甚劣，大不耐观。更有《香研居词尘》，世多知之，所撰诗余则至罕传。今于无意中得之，开板精雅，岂非快事。积余刻清代皖中词人十家，此册已收入，即刊书底本也。丙申春日。

丁酉除夕更收乾隆辛亥刻《黄山二布衣词》稿，为仰松及岩溪周皑两家词合刻，晚于此本二十九年，刊刻草草，收词则富于此卷，为仰松晚年手订之本，传世亦罕。总题《味经堂词稿》，计《横枝词》一卷，《芳影词》二卷，《后岩箫雅》一卷，《寒山乐府》一卷，《续稿》一卷。周序云，仰松卒于乾隆五十四年己酉，并记彼此穷愁潦倒之状，欲刻词而苦无资，终草草成于吴丹麓之手。凡此皆可考见仰松生平行迹，匆匆为著于此。收皖人词富如积余，亦未尝见其书，其罕秘可知。戊戌重九前日，雨窗漫记。方得西谛噩耗，为不怡者累日，附笔悼之。

《听奕轩小稿》三卷，歙方成培仰松著。乾隆刻。十行，二十二字。白口，单边。乾隆壬午程壥序，霞峰弟昌镐题词，世弟曹文埴序。收藏有“积学斋徐乃昌藏书”朱文长印。

红杏词

丙申上元，得此于侯官林氏，有焦里堂藏记手迹，传本亦稀，可珍重也。来燕榭坐雨书。

数月前于古董铺见陈曼生信笺数通，皆致李白楼者。娓娓数千言，大意为规其勿寄情烟花，当留心家计。情词恳挚，并言明知不为白楼所喜闻，然仍必欲言之。诸札委曲尽情，白楼寒士，家计米盐琐屑，一一道尽，读之使人意动。白楼后似终与曼生隙末，其中委曲，不能尽详。因附书此卷末，存此掌故。此卷无与曼生唱酬之什，或不为无因也。乙巳十一月初六日。

《红杏词》二卷，仁和李方湛光甫撰。嘉庆刻。十一行，二十一字。白口，左右双边。板心下有小石梁山馆五字。前有目录，题词。松霭周春读白楼侄倩诗及吴锡麒题词。收藏有“焦氏藏书”（白方）、“积学斋徐乃昌藏书”（朱长）。卷首扉叶，焦循墨书一行云“辛酉午日李白楼赠”。

绿阴槐夏阁词

庚寅六月初四，得此渊雅堂灵鹣阁递藏本《绿阴槐夏阁词》四卷于海上。时方盛暑而有风甚爽适，蝉声中题记。

《绿阴槐夏阁词》四卷，乾隆刻。八行，十八字。白口，左右双边。新安朱昂适庭撰。前有乾隆乙亥相月青浦同学弟王昶书于蒉花池馆序，华海同学弟张熙纯题词，目录。收藏有“渊雅堂藏书记”（朱方）、“文武世臣”（朱方）、“王嘉福”（朱白方）、“竹坪”（朱方）、“二波经眼”（朱长）、“二波阅过”（白方）、“縠之读过”（白方）、“王嘉福字縠之号二波行二”（白方）、“二波轩”（朱方）、“苏州渊雅堂王氏图书”（朱方）、“元和江氏灵鹣阁所藏金石书画图籍记”（朱方）、“画翰林”（白方）、“建霞”（朱方）、“江标曾观”（朱长）、“积学斋徐乃昌藏书”（朱长）。

止巢诗词

月前于吴下见潘氏书散于坊肆，无何佳本，仅得其书目一二小种。今夜吴下估人挟来清人集部数十种见示，颇有佳册，喜而留之。询知为潘氏子售之纸商，论斤而出者，估人更从而拣得之。有始得残卷，终得完书者。有蚁食虫蛀，不堪触手者，亦辛苦之至，余亦以善价酬之，凡九十种合而收之，亦快事也。闻潘氏赁宅于公府，举所藏书杂厕一隅，日久而水湿虫蚀，狼藉不堪。后终秤斤售之，余烬已入公藏，无从踪迹矣。此亦滂喜后人一段故事，为叶鞠裳未及记者，亦可做书林掌故观也。乙未小雪前五日，来燕榭燃烛记。

《妙华仙馆诗》二卷，《学读书斋诗》三卷，《裁云馆词》二卷，宝应乔载繇止巢著。道光刻。十行，二十一字。白口，左右双边。前有道光十九年自序，时年六十四。道光乙巳吴曰鼎序，周叙序，道光丙午夏昆林序。道光二十六年子婿朱士恭跋。词前有题词，后有朱士恭跋，乙巳愚弟王敬之书后。收藏有“景郑藏本”（白方）。止巢妇翁为仪真郑枫人，所辑尚有白田风雅，刊刻精俊，淮上开板，大抵如是。

栖香阁词

此精本也，得之闽侯林氏。其所藏词佳本几尽归余。今日更遍观余烬，选得十许种，此其中之白眉也。丙申上元日，雨终朝，黄裳记。

《栖香阁词》二卷，梁溪顾氏文婉著，道光刻。十一行，十九字。上下黑口，左右双边。前有道光五年李文媛序，李芝龄女弟也。后有道光五年无锡孙爕跋。扉页题“道光四年十二月，山阳李氏闻妙香室校刊”。

拜石山房词钞

此梁溪顾氏《拜石山房诗词钞》之原刻者，曾于善本书目中见之，悬之梦寐久矣。今日午后过市观书，偶于架上抽得之，快慰不可言。近忧患频来，几非人世。然仍过市，仍观书，仍能得善本，仍能题记藏之。书之于我，诚若性命哉。为之苦笑。时秋晴日影甚丽，江南佳日，而我则若展转于泥牢中，噫！丁酉九月初一，霜降前日，黄裳。

《拜石山房词钞》四卷，锡山顾翰蒹塘撰。道光刻。十一行，廿二字。白口，双阑。前有道光甲午上元蔡宗茂序。卷尾一行云“泾邑双桂斋汤鼎臣镌”。

巏嵍山人词集

初桐有《奁史》之辑，皇皇百卷，为世所珍。此诗余更罕传本，中多侧艳之作，可与前书比观也。余得诗余数百册于林子有后人，皆罕遇之本，似此乃更不易数数觏也。乙未大雪后一日记。

《杯湖欸乃》三卷，《杏花村琴趣》一卷，嘉定王初桐于阳撰。乾隆刻。十行，二十字。上下黑口，左右双边。前有吴省兰序，阮元序，附王鸣盛评论三则。次巏嵍山人词集总目，后有初桐壬子嘉平跋。卷尾有张龙辅跋。徐乃昌藏书。

周济词

乙未十月初五日，海上收。黄裳记。

济尚有《味隽斋文稿》，亦道光刻，未见。余只有《止庵遗稿》，为谭复堂戴子高故物，道光刻。此册则沈氏海日楼书也，家集共三种，世无著录。偶然拾得，欢喜记之。癸亥九月十二日，雨窗。

《味隽斋词》一卷，道光刻。十一行，二十一字。白口，左右双边。前有道光癸未介存居士自叙。收藏有“上下五千年纵横三万里长青亭主人金石文字记”朱文大方印。

《柳下词》，荆溪周青木君著。道光刻，行款同前。同前后两种合订一册。

《贮素楼词》，淮阴苏穆佩蘘谱。道光刻。十一行，二十一字。白口，左右双边。此介存居士姬人词，前有道光癸巳夫椒山人仪暐序。

柯家山馆词

七日前余方得《柯家山馆词》三卷于旧肆，惟无补逸。今日更过温知，见案头有新收小词数种，中有元照词，原刻初印，且有作者一印，香修二印，大喜逾望，亟挟之归。书缘之美，如何可言。九能曾有《悔庵学诗》稿本，系陈乃乾物，石麒以之见示，方议价间，适赵斐云南来，为之攘去，至今惜之。后乃得九能小札诗稿数十通，皆钤香修小印。今更得此，秋月一印，则前所未见者。余藏清词不少，此本足当白眉。丙申二月十二日，来燕榭记。

此本归来后半载，旧藏元照书山舟老人题簪花小集诗小立轴亦还斋中，而九能小札及诗词稿数十纸，书于绿笺上者，尚渺如黄鹤。以未钤藏印，恐终无珠还之日矣。己未十一月十二日重展更跋。黄裳。

《柯家山馆词》三卷附《补遗》，归安严元照修能撰。嘉庆刻。十行，二十一字，白口，左右双边。嘉庆癸酉九十一翁梁同书书扉叶，嘉庆癸酉德清徐球序。目录。后有甲戌徐球刊书跋。刊此修能已在病中。补遗后亦有徐球跋，在丁丑中秋，刊成而居士弗及见矣。收藏有“元照之印”（白方）、“秋月”（朱圆）、“香修”（朱方）。

秋莲子词

丙申上元日收，黄裳记。

此册为友人假去，于今四年。近始移书索归。故剑之情，念之无已。书笈乃身外之物，然贪惜之念，终不可捐。然其间又往往关涉世态人情，种种皆大千世界中空花幻影，细观亦有别趣。此册罕传，太平天国之役，书板化作柴薪，天壤间未必更有数本。西御词可存，何时当为重印，俾化身千万，庶不负此系恋之情。今冬无雪，今日始六花飞舞，竟日未止。夜饮微醺，灯下漫书。壬寅正月初九日，黄裳记。

王西御词，罕见难求。见于《北平图书馆善本乙目》。偶然入手，最为得意。乃一为蒋某假去，索而得还；未几又沦盗窟十年，靳而不出。近始还来。一书之微而两次沦失，幸俱得归，书卷恋人而不忍去，真堪叹息。癸亥冬至前一日雨，展书记。

《秋莲子词》前后稿三卷，仪征西御王僧保撰。道光己酉刻。十行，二十一字。白口，左右双边。吴熙载书首，自序，目录。又嗣刊词林丛著总目，四卷。后有倦翁、汪正鋆、汪奂之、蒋志凝、包慎言、姚东之、符葆森跋，黄承吉、汪潮生、孔继鑅、王寿题辞。

玉壶山房词选

此亦云间沈氏所刻也。余与《四妇人集》《梅花喜神谱》同得。改七芗词余旧有一本，竹纸，似别有所增，忆跋尾有题光绪纪元者矣。此尚是初印本，雷氏跋尾尚钤二印，可珍重也。南陵徐氏藏清刻至富而精，年来散佚殆尽矣。余所得不少，近尚时时得之其家也。此是早岁流出者，展转又集余斋，书缘墨福如此。癸巳新春二月初二日，黄裳记。

《玉壶山房词选》二卷，玉壶山人改琦自编，华亭鹤史沈文伟较刊，道光刻。八行，十六字。白口，四周双边。前有道光戊子沈文伟引，同里姜皋撰诔辞。目录。王芑孙、曹言纯、陈文述、姜孺山、郭麐跋。次小像，雷约轩赞。后有道光庚戌同邑后学雷葆廉跋。上下卷尾俱有双行牌记“道光戊子冬云间沈氏来鹤楼镌行”。收藏有“华亭雷良树权人父校藏”（朱长）、“葆廉”（白方）、“通波词客”（朱方）、“云轮阁”（朱长）、“荃荪”（朱长）、“积学斋徐乃昌藏书”（朱长）。目后有沈文伟识语："先生词凡四种。是编较勘既竣，爰列目次如左。尚有寒玉词一卷，壶中词一卷，画余词一卷，行将汇抄，续付剞劂。文伟识。"

玉洤词

三十五年九月十七日，漫步山西路旧肆中看书，得见端木子畴先生手校本多种，检得此册。卷首泥金识语，端整可爱。先生金陵耆宿，旧寓春明，战前移家南来，遗书散出。同见者尚有潘祖荫书多种，都有先生手批。四日后秋雨新凉，题记于小虹桥畔寓庐。裳。

此卷买得于金陵旧肆，匆匆九年矣。近收旧本诗余近三百种，偶检旧藏，都为一目，重阅及此，子畴先生泥金手迹，焕然如新，乃更题记，殊深故剑之情也。乙未九秋，来燕榭记。

十二年前，余以文汇报事，小住金陵，寓户部街，即南唐宫禁小虹桥故址也。余是时始收旧本，而不识书之美恶，市估每出通常明刻见示，幸其时无钱，未受其愚也。暇过城北图书馆观书，街上有小肆，书不甚多而时于人家买得故书，有精本多转售大肆。主人颇知书，亦熟于故家门路。一夕秋雨中过之，见案头旧书不少，皆子畴先生手校藏书。余知先生为词人，而不知其校本之可重，徒取此精刻小册而归。泥金小楷，悦目赏心，叹为名物。当时赏鉴目光如是，可为一笑。转眼此已十年前事矣。近日故书垂尽，余亦不更事收藏，暇理故箧，又见此本。以其为始收书时所得，故剑之情，其何能已，遂研朱跋之。戊戌九月，重阳前七日，秋雨廉纤，记此。

《玉淦词》一卷，吴县潘曾玮季玉撰。咸丰刻，写刻甚精。半叶九行，行十六字。白口，左右双边。咸丰四年冯桂芬题扉叶。道光甲辰姚燮序，陈克家序，徐子苓序，汪锡珪序，兄曾莹序，自序。张耀孙、董思诚、尤坚、韩崇评跋。宋翔凤、戈载等题赠。书面有端木埰泥金楷书一行云："吴县潘曾玮著，庚申初春，寿阳师相持赠，古建康端木埰藏。"此本写刻甚精，自序云书手为蒋研诒。卷尾有"苏城徐元圃局刻"一行。

樵风乐府

此大鹤山人自校本《樵风乐府》，偶得之沪市，甚自得意。叔问自记云，此伯宛自京师所寄样本，序跋尚未附入。曾闻友人见告，昌绶一跋，叔问见之大不怿，遂致隙末。不知信否？岂其时尚未见之耶？丁酉正月记。

《樵风乐府》九卷，高密郑文焯叔问撰。癸丑吴伯宛刊。十行，十七字。上下黑口，版心下有双照楼三字，左右双边。扉叶后有牌记双行，“岁在癸丑仁和吴氏双照楼刊”。大鹤山人自校本。卷耑有手题：“此故人吴伯宛孝廉自京师见寄样本。新旧叙文，并未及刻。且末卷踳驳独多，爰斠一过，略为订正，加墨简首。大鹤附记。”下钤“鹤语”朱文小印。又两行云：“宣统甲寅冬孟持赠晦园主人鉴正。”下钤“樵风遗老”白文方印。案甲寅实为一九一四年。此仍题宣统，遗老伎俩，往往如此。晦园则不知谁何。

比竹余音

吴兴沈砚传与大鹤山人交甚密。二十年前曾得《樵风乐府》，前有沈氏手跋云，曾先为叔问刻词数种，而流转颇稀，阅市十年，未尝一见。近乃于书肆架上得此，为吴眉孙遗书，甚可喜也。为此郑氏少作，后多删替，以是可重。癸卯夏至书。

润州吴庠眉孙，颇有藏书。其人尝客湘中，买旧本不少，久居沪上。十五年前曾得其手批莫氏书目，时所藏尚谨守未去。后乃于肆中得正德翻宋本《黄御史集》，甚得意。又数年，身故，书籍扫数为古书店载去，无缘得见，只得此畸零小册，以为纪念耳。甲辰十一月廿九日，重阅漫题。

《比竹余音》四卷，北海郑文焯叔问撰。光绪刻本。十行，十七字。白口，单阑。前有壬寅王闿运序。扉页题“光绪横艾之年吴兴沈氏墨板鹤记”，出文焯手书。

乐静词

此俞阶青词，平伯手书上板，有一印。小楷精妙，惜刊工未能传其妙趣也。丁酉四月十八日与俞佩珣汉砚唐琴室诗絜影楼词一册同得。黄裳记。

京师枣花寺藏红杏青松卷，宣南名迹，艳说一时。阶青有金缕曲一阕，前有小序，说最真确。其词云："题京师枣花寺所藏青沟禅师绘红杏青松卷。禅师官明崇祯朝副将，随洪承畴出关。易代后弃官为僧。是图盖隐寓松杏山之战，纪亡国之悲也。卷长三十余丈，二百年来，名流过客，题咏殆遍。或流连光景，或托讽微言，少赋其事者。甲子夏五，宗子戴姊丈自江南来，偕游萧寺，展卷移晷，归寓赋此，未题卷上也。"

《乐静词》，德清俞陛云阶青撰。己巳刊本，俞平伯手书上板。十行，十八字。白口，双边。卷尾一行云"己巳中夏男铭衡敬书记"。下钤"平伯"朱文小方印。扉叶朱印，书名上下题"摹沇儿钟静敦習鼎文，婿许宝蘅敬署"。

来燕榭读书记　卷八

花间正续集

《花间集》万历中温博刊本即有补南唐之作。此册刊于康熙中，却罕见。李一氓收花间异本颇备，亦未见此。得于传薪徐绍樵许。卷尾缺去一叶，计失词人一，词八首，观原序可知也。近日理董所得旧刻词总集，几数十种。遂一一装而藏之，殆难免好事之讥已。丙申惊蛰后一日，重装前漫记。黄裳。

《花间正集》二卷，《续集》一卷，浙西卓长龄蔗村、金张介山、吴卜雄震一、卓松龄丹崖仝较。康熙刻。九行，二十字。白口，单边。前有康熙戊午上巳日西陵金张介山刻正续花间集自序，目录。后有毛晋原跋。续集前有丹崖氏偶考九则，目录。

唐宋诸贤绝妙词选

此南浔刘氏嘉业堂所藏《唐宋诸贤绝妙词选》十卷，有大司马印，天一阁故物也。板刻精好，为翻宋刊之精者。余二十岁前喜收词集，而佳刻绝少入目。近来所好渐变，然偶见善本辄亦收之。此册则与旧钞《柳如是集》同得者也。戊子八月，秋雨新凉题记。

《花庵词选》二十卷。此十卷外尚有《中兴以来绝妙词选》十卷，余后亦收一本，为王氏九峰旧庐故物。今年小绿天书出，亦有中兴以来词选一部，是《四部丛刊》底本。余后更得残本四卷，纸印精好。此《唐宋诸贤十卷》则绝少见，况为天一阁故物耶。当珍储之。旧钉六册，今更去其衬叶，改订二册，觉可喜多矣。辛卯正月初三日，黄裳记。

此余始购旧本书时所得也，于今四年矣。其时嘉业堂藏书狼藉市上，余收得不少。残蜀大字本东坡后集外，以此为最精。明刻词集极少，而如此精椠乃更不数数见也。

书从盗窟中历劫归来。闲窗展阅，心目俱爽，真绝妙娱老之资也。辛酉正月初九，晴暖如春。黄裳记。

《唐宋诸贤绝妙词选》十卷。万历翻宋本。十行，二十字。白口，左右双边。线口。版心上题作者姓名。前有淳祐己酉上巳前进士胡德芳季直序。序后有钟式印记三方，次词选纲目，属“花庵词客编集”。目后有双行牌记“万历四年七夕龙丘舒氏伯明新雕梁溪寓舍印行”。收藏有“古司马氏”（朱方）、“吴兴刘氏嘉业堂藏”（朱长）。

中兴以来绝妙词选

《花庵词选》余前得《唐宋诸贤词选》十卷于文海，是刘承幹旧藏，未为全本。后以之示郑西谛，叹为佳绝，以序目皆备也。此《中兴以来词选》十卷，得之富晋书社，是九峰旧庐旧物，见之喜甚，急归插架。两美作合，快慰何可胜言。此为《四部丛刊》本所祖，序目俱在，仅末叶抄补。虽一明刻，而至难觏。余乃于三月中获之，皆白棉纸初印，可不谓书缘乎。三十七年十二月一日，黄裳。

此亦九峰旧庐书，有朱遂翔经眼印，余于富晋王氏得之，价甚昂，以俪旧得唐宋诸贤一集者。后更于小绿天遗书中得见一本，末叶亦抄配。后又得残本一册，存前半，印本殊佳，是此书凡三见矣。诸家著录亦多此后集，前集绝罕。余所藏殆是孤笈。两美之合，是以不吝重直收之也。词选总集明刻甚少，只此是名书。洪武本《草堂诗余》出于坊刻，非佳册，花草粹编系明人杂辑而成，皆不如此本之为宋时名选、翻宋精刻为可重也。重阅更题。庚戌五月坐雨记。

《中兴以来绝妙词选》十卷，明翻宋本。板式一如唐宋诸贤一集。前有淳祐己酉百五玉林绝妙词选序。后有“花庵”（胡卢印）、“玉林”（朱方）等三印。次纲目，署“花庵词客编集”。卷尾有牌记三行，“万历二年中秋既望龙丘桐源舒氏伯明新雕梁溪寓舍印行”。前序第一叶板心下有“何鑑刻”三字。收藏有“杭州王氏九峰旧庐藏书之章”（朱方）、“绶珊六十以后所得书画”（朱方）。

词综

此原刻《词综》三十卷，颇初印，小李山房旧藏。传薪书店秤入旧书五十许石，其中仅检得此十册书尚是佳椠，因遂得之，价复奇廉，只米一斗半耳。此书雕板体式与余旧藏汪晋贤所刻诸种全同，当是裘杼楼藏板。竹垞藏宋人词至富，更益之以碧巢所储，选词遂臻美富，其抉择亦复别具手眼，是浙派风习，于宋元人词中皆可见之也。辛卯五月廿六日漫书，黄裳。

《词综》三十卷，秀水朱彝尊抄撮，休宁汪森增定，嘉善柯崇朴编次，嘉兴周筼辨讹，康熙刻。十行，二十一字。上下黑口，左右双边。康熙戊午汪森序。次发凡，朱彝尊纂。次总目，每卷前各有目。收藏有“李绳之印”（白方）、“勉百”（朱方）、“庄渠李氏章”（朱方）、“芸叶斋”（朱腰圆）、“读书秋树根”（朱长）、“印须我友”（朱腰圆）、“竹中小隐”（朱方）、“小李山房图籍”（白方）。

国朝词综补

此虽近刻而绝罕传，公私藏无以之著录者。旧惟无锡丁氏有一帙，后归郑西谛。此书收清词凡千二百余家，各附小传可观，言清词者不可或缺之书也。与续补八卷闺秀词同得。乙未九秋，来燕榭记。

丁酉中秋，饮蒲桃酒微醺，研朱阅此。稍记所知见诸家词集故事遣日。黄裳小燕记。

此本未刻，附词综补以行者，皆闺秀词也。作者都三百余人，搜辑之勤如此。与光绪刻词综补同得于侯官林氏。乙未九秋十五日，黄裳记。

《国朝词综补》五十八卷，闺秀词抄本八卷。无锡丁绍仪杏舲辑。光绪刻。十行，二十一字。上下黑口，双边。前有子婿胡鑑衡后序，例言，属“光绪九年癸未冬十一月六九残民丁绍仪杏舲识”，次目录。收藏有“积学斋徐乃昌藏书”（朱长）。续补闺秀八卷，抄本。八行，二十一字。林子有跋云：“庚辰八月十八日阅。杏舲有国朝词综补五十八卷，已刊行。独无闺秀词，此本殆拟附词综补后而未刊者。阅讫附识于此。”

浙西六家词

乙未秋九月初三日归来燕榭记。

竹垞《江湖载酒集》为朱词初刻，雕板精雅，与樊榭秋林琴雅板式正同，殆同时刻也。李分虎有《河满子·经阮司马故宅》一词，为阮怀宁作也。词云："惨澹君王去国，风流司马无家。歌扇舞衣行乐地，只余衰柳栖鸦。赢得名传乐部，春灯燕子桃花。"五十年前，余在金陵，曾访咏怀堂故址于库司坊巷，只余衰柳数株，池水一湾，为文记之。不意二百年前分虎亦曾过之，所见竟与三百年后依稀略似。词人记阮髯故事者，此为仅见。戊寅冬日读记。

《浙西六家词》十一卷，康熙刻。十行，二十字，白口，左右双边。陈维崧序，总目。

《江湖载酒集》三卷，秀水朱彝尊字锡鬯一字竹垞撰。同里李符序。

《秋锦山房词》一卷，嘉兴李良年字武曾撰。安丘曹贞吉序。

《柘西精舍词》一卷，平湖沈皞日字融谷撰。钱唐龚翔麟序。

《耒边词》二卷，嘉兴李符字分虎一字昢客撰。朱彝尊序。

《黑蝶斋词》一卷，平湖沈岸登字覃九一字南渟撰。朱彝尊序。

《红藕庄词》三卷，钱唐龚翔麟一字蘅圃撰。嘉兴李符序，沈皞日、李符、鲍夔生、李钱琇题词。

收藏有“乡邦文献所系”（朱方）、“平湖屈氏一卷书塾所藏”（朱长）、“讱盦经眼”（白方）。

古今诗余醉

此《古今诗余醉》残本二册，得于吴下文学山房，重其为十竹斋胡氏刊本也。癸巳正月二十一日，黄裳记。

此书十五卷，只北平图书馆目中有之。《千顷堂目》亦未著录。小雁更书。

《古今诗余醉》十五卷，今存卷一之二，卷五之七。荆南潘游龙选，秣陵陈珽订，内江范文光参，海阳胡正言较，崇祯刻。八行，十八字。白口，单边。板心下有十竹斋三字。前有丙子秋尽日“白下屺人陈珽玉播”叙，“荆南潘游龙识于十竹斋之舍舫”序，“娄江管贞乾观执甫题”附言。卷前各有目。

三百词谱

此《三百词谱》上下册，南陵徐氏旧藏，石麟携来示余。此虽清初刻而实罕见，不见著录，实秘册也。因收入库中，并纪岁月。庚寅六月初四日晚窗记，时快风送爽，暑退凉生矣。

此徐积余藏词善本，得之经岁，近始命工重装。其家书每衬以素纸，裱为帐册，最是恶事，乃一一拆去之，觉楚楚多矣。癸巳正月廿一日，小燕题记。

《三百词谱》上下册，词韵附。归安郑元庆芷畦选，同学费人桓于征、徐元禧飞云校。康熙刻。九行，二十字。白口，单边。康熙己巳归安郑元庆题于怡庐之镜蓉轩自序，次蘋洲郑元庆徵新声谱逸词启，次例言、目录。收藏有“赘庵”（朱方）、“云程”（白方）、“希鹣之印”（白方）、“徐乃昌读”（朱方）、“南陵徐氏”（朱方）。

红萼轩词牌

丙申立夏前三日重收复本。椠印俱精，至可爱玩。黄裳小燕夫妇记。

此本余旧有一帙，缺失数番。近又见此，与顾天石《草堂嗣响》同收得之，首尾完具，大是快事。余收诗余旧本颇富，孔传铎兄弟词集原刻亦有之。诸集皆康熙中刊。此本椠刻尤精，每半叶一词，字数多寡不等；文其边阑，亦每叶不同。清初精刻，未见有此，实版刻之别格也。为调凡百二十。当入词选总集中。丙申立夏前三日。

《红萼轩词牌》，康熙刻巾箱本。四周花边。分小令、中调、长调。前有阙里孔传铎振路甫书并题诗余牌引，东吴顾彩湘槎红萼轩词牌序。后有阙里孔传志西铭氏跋。

清啸集

此《清啸集》二卷，原刊本残罕见。此为嘉庆中盛氏得原刻板片后修补重印者，不见后跋，无从知之。辛卯三月十一日，雨窗记。黄裳。

此亦清初刻诗余总集善本。阅市三十年，只见此册，罕见可知。虽嘉庆中重印，然补板无几，亦殊不让原刻初印。五年前为盗掠，意相见无日，不图此日得归来也。己未腊尾记于来燕榭中，是日立春。

《清啸集》二卷，槜李项以淳长孺氏选辑，受业成瑄葭律氏参订。康熙云间峑山草堂刻嘉庆印本。九行，二十字。白口，左右双边。前有康熙戊辰古村项以淳序。新安成瑄跋。目录。后有嘉庆乙丑华亭盛灏元百堂氏重印跋。收藏有"祥龙"（白方）、"约斋"（朱方）、"云间沈氏"（白方）、"讷生"（白长），有沈氏墨笔跋。

词选善本甚少。此集所录，清空骚雅，一洗靡靡之音，足与草窗绝妙好词并称。惜板已毁，流传之本绝少。

偶于旧书摊上购得，可宝也。集中选邵氏亨贞词甚夥，计四十六阕。邵吾松小蒸隐士，元时人，有诗词集久佚，赖此以存数十阕。光绪甲午秋七月沈约斋书于芜湖榷署。时年六十。

名家词集

久闻亦园侯氏刊有《名家词集》，访之书肆故家，均未之见，亦淡然置之矣。今晚过市，闻萃古斋估人方收书数百册归自吴下，即过而观之，无当意者，只此二册为未见之本，因遂收之。有独山莫氏藏印。清初刻诗余乃又增一善本。二主词刊者绝少，万历刻以外，当以此为最旧矣。丙申六月初三日，黄裳记。

侯氏此刻在康熙中，上接汲古毛氏，盖犹是明人汇刻唐宋人小词遗风也。二主词于墨华斋本未出之前，推为最旧。阳春一集，二百年后临桂王氏始重刊之。此书传世甚稀，世几无知尚有此刻者矣。书掠去后为重付装池，钤以劣印，恍如美人黥面，可恨之至。乙丑七月廿九日，重展漫识。

《名家词集》，梁溪侯文灿蔚畯辑。康熙刻。九行，二十一字。白口，左右双边。版心下有亦园二字。前有顾贞观序，康熙己巳侯文灿序，康熙二十八年己巳侯文灿题于于野草堂草。圯石张凤池、采山僧宏伦题辞。著者小传。计：

《二主词》，南唐。

《阳春集》，南唐冯延巳。有大宋嘉祐陈世修序。

《子野词》，宋张先。

《东山词》，宋贺铸。有谯郡张耒文潜序。

《信斋词》，宋葛郯。

《竹洲词》，宋吴儆。

《虚斋乐府》，宋赵以夫。有淳祐己酉芝山老人自序。

《松雪斋词》，元赵孟頫。

《天锡词》，元萨都剌。

《古山乐府》，元张埜。有至治初元李长翁序。

收藏有“莫棠楚生父印”（朱长）、“独山莫氏铜井寄庐光绪丁酉年收书记”（朱长）、“铜井寄庐”（朱长）。

十六家词

此留松阁刻《十六家词》，为清初刻诗余中至罕见难求之册。四年前得炊闻二册于京师，纸印明丽，即欲得其全书，乃数年来阅市借人，皆未有此。近更得延露一册，抚印未佳，不知何日始可得其全也。乃近于来青阁中得见一目，盖南陵徐氏所藏诗余之全目也。清初刻诗余总集有十数种，此本亦在其中，即携取以归，不更论价。灯前展卷，漫记数语，志欣幸焉。乙未七月初九日，黄裳。

邓文如五石斋题识云："国朝名家诗余十七家三十九卷，孙默字无言号桴庵，休宁人，家于扬州。清初各家集中多有送孙无言归黄山序。日日言归，得序数十篇，诗数百篇，而卒未归。以康熙十七年卒，年六十六。初默辑三家词，曰丽农、延露、衍波，刻于甲辰。合南溪、炊闻、百末，曰六家，刻于丁未。合含影、乌丝、蓉渡、玉凫四家，刻于戊申，始名国朝名家诗余。至丁巳又刻其余，始有十六家之称。衍愚又后来所刻，余别藏《越闻青芜词》二卷，《广陵唱和词》一卷，所未得者，《红桥唱和词》一卷耳，盖默随时增刻，故世鲜全书。昔惟江南图书馆有十六家词，亦有缺卷。此本十七家为最完整可贵矣。”读文如所记，知此书于十六家外，尚有程康庄《衍愚词》一卷，是为未见之本矣。此本十六家俱全，大是难得。因见邓记，遂更识之卷耑。丁酉岁尽前一日，灯下识。黄裳。

余旧藏《炊闻词》，后附《广陵唱和词》，绝初印，更胜此本。藏书家每得零种一二种，即著之于目，似此全书，乃是珍物，不待言也。

《十六家词》三十九卷，康熙刻。九行，二十一字。白口，左右双边。版心下有留松阁三字。前有康熙丁巳南阳邓汉仪孝威十六家词序，次目录。

《梅村词》二卷，尤侗序。卷首大题下四行云，太仓吴伟业梅村撰，黄冈杜濬茶村、长洲尤侗悔庵选，休宁孙默无言较。以后各家词评者各异，较者皆孙无言也。

《香严词》二卷，合肥龚鼎孳芝麓撰，巳字山樵映锺序。

《棠村词》三卷，真定梁清标苍岩撰，康熙丁巳江都汪懋麟蛟门序。

《二乡亭词》二卷，莱阳宋琬荔裳撰，云间董俞苍水小引。

《南溪词》二卷，嘉善曹尔堪顾庵撰，吴门尤侗悔庵序。

《炊闻词》二卷，新城王士禄西樵撰，自序，吴门尤侗悔庵序。

《百末词》二卷，长洲尤侗悔庵撰，嘉善曹尔堪顾庵序。

《含影词》二卷，通州陈世祥散木撰，慈湖孙金砺介夫序。

《溪南词》二卷，武进黄永艾庵撰，同郡邹祗谟序。

《月湄词》四卷，山阳陆求可密庵撰，吴门尤侗悔庵序，自序。

《丽农词》二卷，兰陵邹祗谟程村撰，广陵宗元鼎定九序。

《延露词》三卷，海盐彭孙遹羡门撰，古吴尤侗悔庵序。

《衍波词》二卷，济南王士禛阮亭撰，兰陵邹祗谟訏士序。

《蓉渡词》三卷，武进董以宁文友撰，成都杨贷东子序。

《乌丝词》四卷，宜兴陈维崧其年撰，江都宗元鼎定九序。

《玉凫词》二卷，华亭董俞樗亭撰，魏塘曹尔堪序。

收藏有“徐乃昌曝书记”朱文长印。

兰皋明词汇选

此《兰皋明词汇选》八卷，康熙刻，绝罕传。估人自当湖买得，因以归余。原书蛀裂颇甚，付工重装，今日寄至。序失一叶，亦无从补之，憾甚。乙未闰三月廿七日。

昨于来青阁收得南陵徐氏藏旧刻诗余七十许册，中有此本，首尾完具，且有诗余近选二卷，快慰之至。乙未八月廿二日，西风初起，寒意满襟。黄裳记。

此全本后为施蛰存君攘去，箧中只留此册矣。同时所失尚有陈子龙等三人合撰词集，明清之际刻本；又高不骞罗群草等，皆佳本，可惜也。癸卯夏五重展书。黄裳。

《兰皋明词汇选》八卷，西吴顾璟芳宋梅、李葵生西雯、胡胤瑗殿臣仝选。康熙刻。九行，二十字。白口，左右双边，前有壬寅花朝胡胤瑗序，次例言，总目，词人姓氏。

倚声初集

南陵徐氏藏诗余最富，年来余收得不少，皆明刻善本及清刻零种。后嘱书友更为余致之，久而无所得，亦淡忘之矣。一日过来青阁，见架上有旧本诗余数种，即得其康熙刻《古今词汇》三编，见有积余藏印，即询书出谁氏，估人告积余生前以词集二十余箱售之林子有，即此卷前钤印之讱盦。前数年主人下世，其子今乃售之，所见乃第一次出者，多为总集，以可多得书价也。为之狂喜，即嘱更为余致之。一月后乃见此及《荆溪词》《瑶华集》《记红集》《词洁》《留松阁十六家诗余》等，以百金易之。皆罕见难求之册，一旦收之，大快事也。今后更将续有所得，诗余之藏，庶可美富。此集为顺治中大冶堂刻。阮亭时犹为倚声，遂有此刻，后专意为诗，弃此不为矣。集至罕传，公私藏鲜有以之著录者。前附词人爵里，明清易代作者，几搜罗全备。余旧藏崇祯刻曹子玉十集，无论诸家藏目未见著录，即复社姓氏录，禁书目等亦未著姓氏，闷损数年，今乃见于此卷爵里中，知曹玑江阴人，丁丑进士，与陈卧子、曹倦圃同科，为之大快。其足俾考证非仅此一事而已，岂不大可珍重耶。秋雨新凉，灯前展卷，遍加藏印，更研朱记此一段，故书因缘，如是如是。乙未八月初五，秋分前四日，来燕榭书。

《倚声初集》二十卷，前编四卷，顺治刻。十行，二十四字。白口单边。大题下题武进邹祗谟程村、新城王士禛阮亭仝选，长洲尤侗悔庵参阅。以下每卷参阅者各各不同。前有顺治庚子丽农山人邹祗谟书于广陵之东城精舍序，渔洋山人王士禛序。次爵里，目次。前编四卷，为词话三卷，韵辨一卷。

百名家词钞

此《百名家词钞》，余所得凡三帙，皆不全本。一存一册，三家；一存八册，五十许家；一存八册，七十三家。近又见此本，百家始足。索直甚昂，仍收得之。前后所耗于此书，几二百金，殊堪自笑。此书随见随刻，前后不止百家。残本总目有米汉雯、严曾渠、陆棻、周金然、彭桂、丁澎、吴岩徐、吴升、侯文耀、沈季友、钱芳标等，即不见于此本。而吴秉元词此题《摄闲词》，残本则作《慎庵词》，取校两本，内容全殊，因知板本之学大非易事，而多收复本，亦非无益事也。残本总目失去第五番，通计当有百家，而复出几二十许家，当日全刻，当在百二十家外矣。甚冀他日更遇全帙，以决此疑。书出林子有家，即曾刻闽词徵者。又有徐积余、叶玉虎旧记，皆近代藏词有名者。至巢氏一印则不知谁何矣。来燕榭中，好风时至，溽暑尽涤，灯下记此。乙未秋分前二日，黄裳小燕。

《名家词钞》，庐陵聂先晋人、长水曾王孙道扶纂定。康熙金阊绿荫堂梓。九行，二十字。上下黑口，单边。前有曾王孙序，聂先序，次例言、总目。每家词前有目，后附评语。收藏有“积学斋徐乃昌藏书”（朱长）、“南陵徐氏”（朱方）、“叶恭绰”（白文套边印）、“遐庵经眼”（白方）、“巢氏千峰”（朱方）、“□香庵主”（白方）。

《梅村词》，娄东吴伟业骏公。

《香严斋词》，庐江龚鼎孳孝升。

《寓言集》，鸳湖曹溶秋岳。

《文江酬唱》，吉水李元鼎梅公。

《休园时余》，广陵郑侠如士介。

《二乡亭词》，莱阳宋琬荔裳。

《秋闲词》，长水王庭迈人。

《南溪词》，嘉善曹尔堪顾庵。

《衍波词》，新城王士禛阮亭。

《百末词》，长洲尤侗悔庵。

《扶荔词》，仁和丁澎药园。

《容斋诗余》，朝霞李天馥湘北。

《金粟词》，海盐彭孙遹骏孙。

《江湖载酒集》，秀水朱彝尊竹垞。

《玉凫词》，华亭董俞苍水。

《荫绿词》，荆南徐喈凤竹逸。

《秋水词》，勾吴严绳孙荪友。

《弹指词》，梁溪顾贞观梁汾。

《玉山词》，钱塘陆次云云士。

《菊庄词》，吴江徐釚电发。

《耕烟词》，晋陵陈玉璂椒峰。

《峡流词》，仁和王晫丹麓。

《溉堂词》，三原孙枝蔚豹人。

《青城词》，嘉善魏学渠子存。

《螺舟绮语》，云间王顼龄瑁湖。

《松溪诗余》，云间王九龄子武。

《映竹轩词》，遂安毛际可会侯。

《锦瑟词》，扬州汪懋麟蛟门。

《迦陵词》，宜兴陈维崧其年。

《艺香词》，延陵吴绮薗次。

《棣华堂词》，云间冯瑞霄燕。

《东白堂词》，三韩佟世南梅岑。

《万青阁诗余》，浙岸赵吉士天羽。

《月听轩诗余》，合雒鹃草，苇城张渊懿砚铭。

《秋雪词》，下邳余怀曼翁。

《竹香亭诗余》，上海曹垂璨绿岩。

《饮水词》，长白成德容若。

《柯亭词》，会稽姜垚苍崖。

《红藕庄词》，钱塘龚翔麟蘅圃。

《柯斋诗余》，云间周纶鹰垂。

《志壑堂词》，淄川唐梦赉济武。

《吴山鷇音》，晋安林云铭西仲。

《蔗阁诗余》，黄山汪鹤孙梅坡。

《柳塘词》，吴江沈雄偶僧。

《啸阁余声》，云间张锡怿弘轩。

《玉壶词》，云间叶寻源砚孙。

《月团词》，乌程沈尔燝凤于。

《兰舫词》，海上赵维烈承哉。

《守斋词》，山阴吕师濂黍字。

《药庵词》，山阴吕洪烈清卿。

《探酉词》，西湖邵锡荣二峰。

《澄晖堂词》，休宁江尚质丹崖。

《响泉词》，云间徐允哲西崖。

《画余谱》，无锡华胥羲逸。

《蕊栖词》，广陵郑熙绩懋嘉。

《碧巢词》，休宁汪森晋贤。

《粤游词》，姚江吴之登云客。

《藕花词》，虞山陈见鑨在田。

《梦花窗词》，休宁汪士式梅墩。

《容居堂词》，云间周稚廉冰持。

《棠村词》，真定梁清标苍岩。

《南磵词》，桐城何采省斋。

《横江词》，石城徐惺即山。

《香胆词》，阳羡万树红友。

《蔬香词》，钱塘高士奇澹人。

《枫香词》，商丘宋荦牧仲。

《留村词》，清河吴兴祚伯成。

《当楼词》，萧山毛奇龄大可。

《白茅堂词》，蕲州顾景星黄公。

《紫云词》，温陵丁炜雁水。

《微云词》，锡山秦松龄对岩。

《句云堂词》，广陵郭士璟眉枢。

《香草词》，渠阳何鼎晴山。

《影树楼词》，梁溪陈大成集生。

《改虫斋词》，华亭高层云谡苑。

《珂雪词》，安丘曹贞吉实庵。

《澹雪词》，蓉湖顾岱止庵。

《万卷山房词》，曲林王辂苍霞。

《竹西词》，济宁杨通佺圣期。

《染香词》，桐城江皋磊斋。

《罨画溪词》，宜兴蒋景祈京少。

《双溪泛月词》，阳羡徐瑶天璧。

《湖山词》，阳羡徐玑天玉。

《摄闲集》，山阴吴秉仁慎庵。

《课鹉词》，山阴吴秉钧琰青。

《寒山诗余》，太原冯云骧讷生。

《红桥词》，合肥何五云鹅亭。

《一曲滩词》，历阳徐来子复。

《绮霞词》，溧阳狄亿立人。

《旷观楼词》，荆溪路传经岁星。

《团扇词》，下邳余兰硕香祖。

《栩园词》，武进陈鲁得曾起。

《玉艳词》，山阴何思双山。

《仿橘词》，武进龚胜玉节孙。

《陶村词》，锡山王允持简在。

《南耕词》，宜兴曹亮武南耕。

《凤车词》，山阴吴棠桢伯憩。

《梅沜词》，嘉定孙致弥松坪。

《荔轩词》，长白曹寅子清。

《嘤霞阁词》，长水沈永令一指。

瑶华集

清初词选总集不下二十种，然多通代选本，其专录明清易代人作者仅五七种。此《瑶华集》则其中之著者。此类总集前往往附词人姓氏爵里，足资寻扯。其时作者如林，词坛鼎盛，然诸家单刻别集，百无一存。赖此选本而活者多矣。此本所收之富，不下倚声初集，而时代较近，亦罕传本。数年前曾一遇之，以少敝坏未收，后欲更求而绝不可得，乃深悔前之轻弃也。此本为南陵徐氏故物，初印而颇风蚀，不敢更失，遂以重直收得，当重装善储之。余年来颇收旧本词集，初未经意，后乃肆力收之，所得不少。而江南旧家，扫地以尽，以为不复更能买之矣，今乃陆续得此诸种，不禁大快。旧椠因缘，固未尽也。乙未秋分前四日，黄裳记。

《瑶华集》二十二集，附二卷，康熙刻。大题下目录接正文，十行，二十一字。上下黑口，左右双边。前有康熙二十五年雪苑宋荦序，次瑶华集述，题“蒋景祁授，子运昌录”。次瑶华集词人，康熙丙寅夏编。附名家词话，沈氏词韵略。收藏有“积学斋徐乃昌藏书”朱文长印。

词汇初二三编

此严禹航《古今词汇三编》廿四卷，附《词论词韵》，康熙中刻本，罕传特甚。参订姓氏，大抵清初词苑胜流俱在。三编所录皆清初作者，尤可珍重。旧藏南陵徐氏，后归讱盦林子有。估人告积余晚岁以藏词十许箱近二千种售之林氏，近始少少流出。此集为最初所得，即嘱更以他本来，可喜之至。积余藏词余所得不少，皆明刻总集及一二清初旧刻，今更得陆续买此，可谓胜缘。近来肆力收旧本诗余，清初刻将近百种，苟能更增益之，乃可蔚为大国，跋此快然。乙未盛夏记于来燕榭中，明日余生朝也。黄裳小燕。

此编实出卓回方水与周雪客手，而不列名卷耑，是以前跋归之颢亭，细读缘起始知其误。方水为卓珂月弟，即曾编《草堂诗余》者，其书颇不少见，此本之罕，乃远过之。《北平图书馆善本乙目》只收二编四卷，未见全书，亦题严沆编，其误并同。乙未六月十四日午后挥汗更书，黄裳。

《古今词汇初编》十二卷，二编四卷，三编八卷，康熙刻。九行，二十字。白口，单边。前有康熙己未孟夏，钱唐陆堦梯霞序。次旧序三篇，何良俊草堂诗余序，金镇休园长短句序，鲁超今词初集序也。次休园词汇缘起，末属“康熙戊午秋九月之晦，卓回方水书”。次卓回、周在浚题词，次康熙戊午邵村方亨咸鸠资疏。次词论，收张炎乐府指迷、徐师曾论诗余、沈际飞诗余发凡等十三人词论。次词韵，次词汇初编氏籍，次目录。卷十二尾双行云：“休园山人同子令式钞，白云、梨庄同较。”三编卷尾题“康熙己未夏东还舟次，休园付子令式钞松龄较”。三编前有凡例，题“康熙己未岁新秋后六日，休园回顿首识”。每卷首列参定者四五人，有严沆、金镇、魏学渠、吴兴祚、方亨咸、薛柱斗、黄虞稷、徐釚、彭桂、朱彝尊、倪粲、本昼、钱继章、汪懋麟、魏皙嗣、金敬敷、丁介、黄云、绍隆、曹尔堪、梁允植、姚子庄、严曾榘、吴晋、吴越扬、周在延、张芳、卓天寅、宋荦、魏允扎、毛先舒、卓长龄、卓松龄、金之坚、王又旦、李天馥、成德、顾贞观、王士禛、吴绮、曹溶、陆进、陈维崧、徐士俊、沈丰垣、余迈、彭孙遹、严绳孙、陆堦、余怀、丁澎、陈大成、仲恒、王晫、王槩、陆鸣皋、尤侗、李用冲、宋琦、顾有孝、张吉、金之坚。收藏有“积学斋徐乃昌藏书”（朱长）。

词洁

余前曾得一初印残本于吴下文学山房，只存卷五之六，欲更求全书，久久未遇。今忽于徐积余遗书中见此，不禁大快，亟以重直售之。先著程洪皆清初选词名家，程丹问与吴薗次曾有《纪红集》之选，为一时名制，与竹垞词综取境自殊，学词者之正法眼藏也。书买得后先付书直，全书几经催讯始至。秋雨新凉，灯下展卷，加钤记并志斓缕卷耑。乙未秋八月初五夜，来燕榭记事。

先迁甫之溪老生词之康熙刻本，后亦得于南陵徐氏。丙申元月初三，夜饮醉归，漫书。

近更于市肆见一白纸印本，系滂喜斋故物，悬价三十金，可见此集声价。丙申芒种前二日，黄裳更记。

《词洁》六卷，《前集》一卷，泸州先著迁甫、江都程洪丹问同辑。康熙刻，九行，二十字。白口，双边。壬申四月先著序，次发凡。有光绪十一年遯翁手批。收藏有“积学斋”朱文长印，“徐乃昌马韵芬夫妇印”朱文扁方印，又“讱盦经眼”白文方印。

今词苑

抱经堂主人朱遂翔，余未曾与之交易，近日却从孙助廉许获其家书不少，皆精本也。余尚知渠有文瑞楼黑格抄本《演山集》在，因作者与余名字偶同，必索高价。助廉屡往谐价皆未成。昨日偶过市往访之，观《演山集》，许以重直。乃更约余今日观书，出书数十种，皆旧抄宋元人小集，乃以一两金子获《演山集》、旧抄《丁鹤年诗》及此三书归。此书传本至稀，所录皆明清易代人所为词，而刊板风格体式又为汲古阁刻无疑，而板心别刻南磵山房。藏毛刻富如陶兰泉，亦未见此，可称奇秘。携书归来，灯下记此。庚寅十一月十二日，黄裳。

得此本后又得曹子玉小集十种于朱许。有天许、碎琴诸目，崇祯刊，风气亦与毛汲古无异。诸家藏目皆未著录。集中有赠顾眉生之作，知亦眉楼腻客也。子玉名玑，署江上兰皋。后于王贻上《倚声初集》爵里中得其姓氏。因重阅此记之。癸丑八月初六日，新凉，漫书。

余箧中所藏词集不少，总集尤多。清初所刊，十得八九。亦有未见诸家著录者，此《今词苑》其一也。《荆溪词》亦有一本，尚不如此本之秘。此种总集所收，多诸家原集未收之作。又可据校异字，往往有妙解。知此意者少矣。乙巳大雪后二日，黄裳记。

《今词苑》三卷，康熙刻。八行，十八字。白口，左右双边。版心下有南礀山房四字。大题下四行云“阳羡吴逢原枚吉、陈维崧其年、吴本嵩天石、潘眉原白仝选”。前有康熙辛亥同里徐喈凤竹逸序，陈维崧序，吴本嵩序，吴逢原序，潘眉序。次今词苑姓氏，目录。

草堂嗣响

余所收清初诗余总集甚富，都十许种。知其名目而未得者，只《众香集》《东白堂词选》等三数种耳，此亦其一。向收词富如南陆徐氏，此集所藏亦只新抄一本，罕传可知。今日午后过市，见估人新收书于洞庭东山，已无佳本，只买得寿言集册一事，皆乾嘉人书。有薛生白一帖。继知书籍亦有数种，已为袁估西江买去。因踪迹之，却无当意者。后乃于架上抽得此四册书，大喜逾望，不殊连城之得也。饮于市楼，薄醉归寓，灯前漫记。丙申三月廿日，黄裳记。

得此后一日，又过书肆阅书，更检得孔西铭所刊《红萼轩词牌》三册，有顾天石序，系同出一家之物，是于梁溪顾氏不无因缘也。书从吴下来，有清初刻姜二酉《韵石斋笔谈》二册，已为郑西谛买去，云是弘光刻，殊未必然也。黄裳更识。

《草堂嗣响》四卷，题“锡山顾彩天石编辑，阙里孔传铎振路、孔传志西铭仝定”。康熙刻。十行，廿一字。白口，左右双边。版心下有辟彊园三字。前有例言，题“己丑六月上澣湘槎彩识”。次词家姓氏，目录。

古今词选

沈时栋《瘦吟楼词》，余收得康熙原刻于吴下，颇自珍重。知其尚有此选而一时难过。今于闽县林氏遗藏中得此，大为快意。刊刻精好，而选词手眼别具，非竹垞词综一路也。殆可为吴江词派说法。漫识卷耑。乙未九秋十五日。

焦音此选，少别于同时别家选本者，自唐迄清，皆在选中。诋坡公大江东去不录，谓公瑾当年，奚待小乔初嫁，而后雄姿英发，甚可笑也。又推求东坡句法音律多误，是于大苏别有意见，吴江词派果如是乎。又多选入吴江沈氏一家之作，附以己词，则明清之际选家习气，可无论已。戊寅秋日。

《古今词选》十二卷，吴江沈时栋焦音选。康熙丙申至山堂刻。九行，二十字。白口，左右双边。板心下有瘦吟楼三字。前有康熙丙子尤侗序，康熙甲午顾贞观序，康熙乙未自序。次总目，题“长洲尤侗悔庵秀水朱彝尊竹垞定”。次选略八则，次历代名家目。总目后三行云“侄彤冠云、廷光兼历、门人费云鹏程九仝校”。收藏有“南陵徐乃昌校勘经籍记”（朱长）。扉叶有“词原倒流三峡水”（朱文大圆印）、“暗香姜白石、残月柳屯田”（白文大方印）。

荆溪词初集

此亦清初刻地方词总集罕本之一，诸家藏目俱未尝见。陈其年、潘原白、吴天篆尝有《今词苑》之选，康熙中南磵山房刻，余旧藏一帙，则不限荆溪一隅矣，亦绝罕也。此本旧藏云轮阁、积学斋，叶玉虎亦有经眼印，知为藏书家珍重久矣。乙未七夕后二日，灯前漫记。黄裳小燕。

《荆溪词初集》七卷，康熙刻。九行，十九字。白口，左右双边。卷首大题下四行属，同里曹亮武南耕，陈维崧其年，潘眉原白选；吴雯天篆评。前有康熙戊午曹亮武题于南畊草堂序，潘眉骈文长序，吴雯赋并序。次姓氏，目录。收藏有“种松野夫文照之印”（朱方）、“□□禅”（朱文腰圆）、“群玉山房藏书记”（朱长）、“紫筠堂”（朱方）、“漱芳”（朱长）、“曾在龚野夫处”（朱长）、“潜绿”（朱长）、“野夫”（白方）、“野夫”（朱长）、“三乐堂”（白文大方印）、“积学斋徐乃昌藏书”（朱长）、“云轮阁”（朱长）、“荃荪”（朱长）、“叶恭绰”（白文界格方印）、“遐庵经眼”（白方）。

绝妙好词（小幔亭本）

此魏塘柯氏刊《绝妙好词》，系从钱遵王家钞本出者，刻于康熙乙丑，传本甚稀。前曾一见于旧肆，展转失收，为人买去，至今惜之。昨忽又得此本，印本转胜前书，亟得之归，与箧中旧藏项氏玉渊堂刻一本同储，皆草窗选词之旧刻矣。明以前刻未尝见，注本则出于乾隆中，后于此二刻矣。丁酉闰月初五日秋窗听雨记。

余后更收项刻一本，绝初印阔大，扉叶犹存，题群玉书堂，因更著之。庚子冬日。

戊戌正月廿六日，晨窗重展。据雍正项刻补卷七第六叶一叶竟。一帘花雨，无那春愁，萧斋作记。

得此书后半年，更得一本，仍此板片，而为高江村得之，灭去卷首大字序，南陔序康熙乙丑一行亦削去。士奇自为一序，题康熙戊寅夏五，每卷卷首小幔亭重订一行挖改为清吟堂重订，弁阳老人下别增周密二字。不见此原刻，几无以发其覆矣。其本为吴枚庵藏，朱黄杂下，有手跋两行，后归贝氏千墨庵，亦有手跋并藏记若干，滋可重耳。今日午后偕燕出游，观湘潭齐氏画，过来青阁，买书而归灯下作记，时戊戍三月十六，立夏之前二日也。

《绝妙好词》七卷，大题下有“小幔亭重订”五字，次行属“弁阳老人缉”，康熙刻。九行，二十字。上下黑口，左右双边。每卷卷尾有校人题名，凡钱曾、柯崇朴、周筼及柯氏筼从若干人。卷首有“康熙乙丑孟夏嘉善柯崇朴寓匏氏题于静寄轩”大字序，康熙乙丑武塘柯煜序。目次。

绝妙好词

今日午后偕燕往观白石老人遗作，归途过来青阁，还所假香雪亭耆英会记，于架上抽得此本，买之而归，大是快意。此书原刻旧有之，题小幔亭重订，版片后归高江村，改刻清吟堂字样，攘为已有。序中尚存柯氏名字，隐约言之，不知终是谁刻也。书为吴枚庵藏，朱黄杂下，有手跋两行。后更归千墨庵主人，珍重跋藏。二君皆三吴藏书之有名者，大可为此书增重。来青阁将收歇，只存市招做海外贸易。余之买书于此肆，前后十年，而以此册殿之，亦可纪也。戊戌立夏前二日。

枚庵漫士阅此，朱黄杂下，亦少有墨书，订正误字。以校项刻查刻，皆未及正定。闲窗展卷，烦虑都去，古书之妙如此。惜装池未精，前后数叶，皆以新纸裱过，大不耐观，会当倩装书人重装之。辛丑早春重阅更跋。

《绝妙好词》七卷，康熙刻。九行，二十字。上下黑口，左右双边。卷首大题下有清吟堂重订五字。次行属弁阳老人周密辑。前有柯煜序，康熙戊寅江村高士奇序。次目录。吴枚庵校跋。目后朱笔两行："己亥八月二十日，选读一过。其已经别本选录者，用雌黄圈出。枚庵记。"卷末有贝墉手跋："是本为吾乡吴枚庵漫士所藏。余于城东书肆购得。吴君藏书数千卷，皆手自校勘，评点精审，今散失殆尽。余友陈仲鱼黄荛圃收得最夥。归余千墨荠中者记于后。贝墉。《宋诗纪事》《挥麈录》《宋金元诗选》《国朝诗选》《中州名贤文表》《绝妙好词》《明诗选》（陈仲鱼所赠）、《李卫公集》。"收藏有"平江贝氏文苑"（朱长）、"庸闲斋后人"（朱文腰圆）、"简芗"（朱文胡卢印）、"千墨荠藏"（朱方）、"贝墉审定"（朱长）、"简香审定"（朱方）、"贝墉曾读"（朱长）、"陈念蘐读书记"（朱方）。

绝妙好词笺

《绝妙好词》余所收有康熙刻二本。查厉笺本原刻亦尝一见，因循未得，至今惜之。后又得余秋室续钞原刻零本一册，有秦敦父石研斋藏印，意颇喜之。昨日午后，偕妇过市，偶于徐贾绍樵许见此徐刻，印本尚佳，有伯生题字一行，系问蘧持赠之本，殆蒋伯生也。因即买得。翌日夜归，浦江繁灯似锦，游人蚁聚，不殊上元时也。归来灯前试大云山馆书画墨记此。丁酉闰月初七日。

《绝妙好词笺》七卷，弁阳老人周密原辑，宛平查为仁、钱唐厉鹗同笺，道光戊子刻。九行，二十一字。白口单边。前有四库提要，柯煜、高士奇原序，纪事，题跋及附录。厉鹗原序，目录。目后一行云："道光八年夏钱唐徐楙问蘧鸠工重锓。章纯斋陆贞一书。"又"杭州爱日轩刻"一行。后有乾隆庚午男善长善和跋。后附《余秋室续钞》一卷，有自序。又徐楙续钞一卷，有己丑自序。卷尾有"武林任九思刻"一行。卷首墨书二行："道光乙未上元日杭州徐问蘧见赠，伯生记。"下钤"伯生"朱文小印。又一行云"光绪丁丑元宵张厚斋兄见赠，仲宽记。"

乐府补题

此《乐府补题》一卷，南宋遗民，惓怀故国，借咏物发之，汇为一编。清初曾两刻之。蒋京少本未之见，此为郁陛宣刻，亦杭州藏书家也。所据原本大佳，流传甚罕。清初浙人数数刻此，其意可知。三年前杭估携此见售，重展记之。戊戌四月二十三日。

此小册蛀裂颇甚，无人装池，甚憾惜之。旧友曹有福君今岁回苏州度岁，因检付之，装成归余，楚楚可观。曹年已七十四，然尚能装书，老健可喜，亦十年旧友矣。余家书经渠手治者，何止千册，皆精妙。展书记之。癸卯落灯后二日，黄裳。

《乐府补题》一卷，乾隆刻。八行，十七字。上下黑口，左右双边。前有乾隆二十五年仁和倪一擎书于有真意斋序，次目次。

清真集

此徐积余过录大鹤山人手批《片玉词》，甚精好，余旧见之于沈某许，索直甚昂，未能便得。近其人又以书出，价大减，因携归藏之。余绝好美成词，却憾无旧本。三月前南海潘氏书归公，曾得展观，见南宋建阳刻《片玉词》二部，中有朱古微校签，此本未知已据入否。壬辰二月初二日，黄裳记。

此本买得后即杂置书丛，百寿不获，意已失去矣。今日偶于架后得之，喜甚。前跋所云徐积余过录，殆误。此不知何人笔，而写手极精。当请通人一断之。甲午腊月初五，夜雪，坐来燕榭记此。

此本收得二十年矣，终不知过录出谁何手，颇疑与费寅手迹相似而更工致，因取费校《千顷堂目》比观，点画之微，俱出一手，可无疑矣。寅硖石人，馆适园张氏最久，与翰怡亦有旧，其校嘉业堂本盖常事也，庚戌四月廿八日，晴窗记。试乾隆吴玉山薇露浣墨书。

详注周美成词《片玉集》十卷，题庐陵陈元龙少章集注，建安蔡庆之宗甫校正。有两宋本，十行十七字，注文双行。行字同。细黑口，左右或四周双边，宋讳仅慎字缺笔，是南宋中期建本。另一宋刻系覆本，卷五注文，颇有改订。一本黄丕烈校跋题诗，一本即朱古微校刻底本。二书皆有李木斋跋，后由袁寒云转归南海潘氏。一九五二年归北京图书馆。余曾见之，惊心动魄之物也。庚戌四月杪黄裳记。

《清真集》二卷附《补遗》，郑文焯校刻本。后附郑氏《清真集校后录要》一卷。题光绪上章困敦之年大梁月既望叔问校竟附记。海昌费景韩寅精校本。有手跋二通。四印斋景刻明抄元巾箱本《清真集》二卷，《集外词》一卷，大鹤山人校勘圈点，硃墨烂然。又石芝西堪校订《清真词》稿本一卷，王半塘、朱古微加识眉端。并藏吴兴刘氏嘉业堂，借录一过，汰其重复，竭三日之力毕之。注原次于调名之上，录王跋于毛跋之后，分卷分类，概加标识，以存王刻真相。民国二十一年十月十五日录讫记。

冯梦华《宋六十一家词选》卷四片玉词若干阕，加圈眉端为识。大鹤山人批校为此本所无者，复照录之。后二十日再记。

金谷遗音

此本流传极罕。清末朱王诸老，皆未见之。所据为毛扆重校《六十家词》本，所谓孙氏旧录本，殆是明抄，而陈氏迳题之为宋板，亦近夸矣。孝友好以当时俗语入词，生面别开，为宋词中别格，但颇有不可解处，治古语言文字学者，未见援据，殊可惜也。黄裳。

此册得之来青阁，小册而蛀裂已甚，索金六饼，可谓昂甚。后知此亦吴兴俞氏书，中多振绮堂物。估人以廉直收之，转售颇得利也。然如此故家，今亦不复更有，故书几绝种，每翻阅殊不能无贪惜之念也。戊戌重阳。

《金谷遗音》二卷，宋石孝友次仲撰。道光刻。八行，十五字。白口，左右双边。道光己丑刻东陈金鑑序。卷尾毛晋跋，又毛扆跋三行："康熙辛亥六月望后二日校。甲寅五月望前一日读。己巳正月二十九日从孙氏旧录本重校次。毛扆。"扉叶后双行牌记云："道光己丑刻东陈氏五马山楼重刊宋本。"收藏有"振绮堂兵燹后收藏书"（朱方）。

白石诗词集

丙申三月初六日，收于吴下玄妙观中旧肆。刊刻精妙，复罕流传，可喜之至。黄裳记。

适阅会周氏《看书余记》，云曾见初印一本，玉几跋末属康熙甲午秋禊日，前无洪序。云此为陈撰初雕本跋，后版归洪氏，遂改刻末四行云："陔华先生服奇道古，雅喜是编，爰为开雕，异垂永久。盖其表章之功匪细也。丁未清和，钱唐陈撰玉几书。"攘为己有。余观此本极初印，亦无改刻之迹，斯言殆未足信。甲午为康熙五十三年，又十三年为雍正五年丁未，板片不应完整如是。玉几久居邗上，歙中洪氏多为业盐巨贾，雅好风雅，有此因缘，非偶然也。丙申五月十八日。

《白石诗集》一卷《词集》一卷，宋鄱阳姜夔尧章著。康熙刻。十行，十九字。白口，左右双边。前有雍正丁未歙陔华洪正治序。自叙二通，诸家评论。诗集后附诸贤酬赠诗。词集后有陈撰丁未清和跋。扉叶题书名及华莘书屋四字。钤“教忠堂”朱文长印。收藏有“云荪珍藏”（朱长）、“云荪过目”（朱长）、“平阳汪氏藏书”（白方）、“中心藏之”（朱方）。

白石诗词合集

余前年于九峰旧庐遗书中收得祝小雅所藏本不少，皆清刻，却精罕。如渔书楼刻李长吉诗、清初刻《梅道人遗墨》、王言远诗皆是也。长吉集前后亦附校补甚富，知其人用力甚劬也。今夏杭估寄示书数种，皆小雅所藏，索直殊昂，而殊少佳本，只此本尚佳。白石道人诗词，清初有数刻，余所藏只江都陆氏及洪正治刻二种。洪刻极精妙，即所谓陈玉几本也。此册刊于康熙（祝氏言乾隆刻未确。柯序言乙丑以还二十年间云云，是此刻当成于康熙四十四年顷也）乃绝罕传，未见著录。其所从出与清初诸刻皆不同，甚可珍重。遂破重直收之。余书如明张自烈刻陶集等即退还之矣。小雅名祝廷锡，号心梅，亦只见于此册。其人曾刻《月隐遗集》，当是祝渊后裔，此亦有关海宁故实，因附识之。丙申七月初四日，大暑。夜窗灯下记此。时飞虫杂沓，砚水为之凝滞。黄裳小燕记于来燕榭中。

余所收祝小雅藏书不少，然校笔之富首推此书及渔书楼本李长吉诗。然其人实未能多见精本，似榆园许刻词亦视为珍秘，难免不为书估所笑也。然老辈精神则大可佩服，未可轻祝。《白石集》近有夏氏校刻之本，用力甚劬，似亦未尝见此集也。前人抛心力于其中何限，真可一叹。庚子小除夕，黄裳更书。

孙星衍《平津馆鉴藏书籍记·补遗》有一则云："《白石道人诗集》一卷，题鄱阳姜夔尧章。前有夔自序二首，不题年月姓名。序后有临安府棚北大街陈宅书籍铺刊行十四字。知从宋本影写，附《补逸》一卷。末有俞兰跋，引王渔洋香祖笔记，是近人所附，每叶廿行，十八字。"其书当是景宋《江湖小集》之一，不知其后尚附词集否？俞兰有跋，可证此本源流。丁酉霜降后一日，黄裳记。

《白石诗钞》一卷，题"武唐吴淳还迮侬编订"。康熙刻。十行，二十一字。上下黑口，左右双边。前有改庵居士吴淳还序。次目录，题"武唐俞兰圣梅校阅、陈大经弘道（一字理亭）参详"。目后有俞兰跋。

《白石词钞》一卷，大题下同有吴淳还编订一行。前有黄昇原序，香藏道人柯煜序，吴淳还序，目录，目后有俞兰跋。收藏有"曾为祝小雅阅"（白方）、"知非楼所藏书"（白方）、"小雅珍爱之籍"（朱方）。祝氏校补甚富，并数跋之。

诗源初集

乙未夏日海上收此。余旧藏《吴越诗选》，清初冠山堂刻，系魏雪窦钱允武等选，所存明末遗民之作甚富，此亦其类也。当并储之。凡此类选本，多附评注，所存故实最多，甲乙之际史事，往往借此以存，虽选本实乙部之别支也。黄裳记。

《诗源》初集越二，槜坞姚佺辱庵删定，金沙张明弼公亮、莱阳姜埰如农同选。顺治刻。九行，十九字。白口，单边。前有目。卷首有辱庵姚氏小叙，知此选盖次“吴一”以行者。扉叶中大题“越二”二字。上题“十五国风删”，下题“抱经楼藏板”。

放胆诗

此吴震方辑《放胆诗》二卷。十年前得残本上卷一册于姑苏旧肆，后即未尝再遇，传本之罕可知。刊刻绝精雅，亦清初刻一俊物也。绍樵近自海宁归，昨日午刻过之，见祝开美手札册页，又万历刻绝初印之《海虞钱氏家谱》，原装十厚册，为瞿凤起携去。绍樵更告尚有书一包来，傍晚访之闲话，久久书包乃至。打包观之，无何佳本。仅得此两册又万历黄应绅刻之《雪心赋》一册，挟之而归。旧本日稀，偶过精椠，辄不肯失，况此为十年悬想之物乎。丁酉春分日，黄裳记。

辛丑新正，重理旧藏，更读此跋。绍樵已于去夏下世，不禁感慨系之。传薪书店闭歇已久，每过其门，辄有腹痛之感。忆往年新正，传薪必有春联，嵌店名于首一字。其上联曰，传书恨无秦前本，亦有趣，辄附记之。来燕榭书。

《放胆诗》二卷，石门吴震方青坛辑。康熙刻。十行，二十五字。白口，左右双边。版心下有刻工姓名。前有康熙乙酉人日秀水同学年世弟朱彝尊序，康熙壬午自序，目录。卷尾有康熙癸未吴震方跋。收藏有“紫竹仙馆”（朱方）。

明月诗筒

壬辰十月廿四日傍晚，偶过徐贾绍樵许，见新收故书一批。翻阅移晷，皆东洋刻本又不全本《百川学海》《艺文类聚》等，无所用之。只此两册书尚是秘本。宋荔裳、余澹心、叶九来皆清初俊流，其游踪交谊却可于此中窥见一斑。此种倡和诗，当时刊刻以赠同人，刷印甚少，流传遂稀。凡有所存，皆为秘册，无待赘言。余于此更补得余氏《江山集轶诗》十余首，真快事也。夜饮微醺后漫记。小雁。

嘉定侯氏当明末以文学节义著称一时。侯震旸官给事中，天启中纠魏忠贤，几为所害。殁赠太常卿。子侯峒曾，字豫瞻，号广成。天启乙丑进士。南都之陷，乡居守城，城破，赴水死。弟岷曾、岐曾（殉丙戌之难），时所称三凤者也。峒曾有三子，演、洁、瀞。岐曾亦有三子，汸、泓、洵。世所称六龙者也。演、洁与峒曾同死乙酉，瀞、汸去而为僧。汸字记原，有弟研德。汸子名策，字天存，即此倡和集中二侯氏也。此集刻于康熙九年庚戌，上距乙酉二十五年矣。近得读夏允彝所撰《峒曾家传》，又侯瀞所撰《峒曾年谱》，因少摭侯氏故实，记此卷前。至汸何时为僧，何时更返初服，此倡和集刊行后侯氏故实，俱不可知，俟续考之。丁酉十一月初九夜记。

《重麟玉册》有秬园传，言峒曾死难时，先生与季从弟瀞适在他处，得不及于难。官购之急，遂走吴山就老僧髡发，易名一正。时家产籍没，官吏络绎于门。先生父岐曾坐陈子龙案死。六年后始得归里，时顺治九、十年顷也。年六十四卒，时为康熙十六年，在此集刊成后七年。黄裳检书更记。

陈其年《湖海楼集》中有诗十二首，小序云："余不作诗已三年许矣。丙辰秋日，秬园先生同小阮大年令嗣天存过访，且示我明月诗筒一帙，不觉见猎心喜，因泚笔和荔裳先生韵，亦得十有二首。辞旨拉杂，半属谰语，先生第用覆瓿，慎勿出以示人也。"诗撰于康熙丙辰，此本刻成后六年也。不欲示人，其意可知。辛丑九月廿八夜，试明光耀彩墨书于来燕榭中。

《秬园倡和诗》附宴集分韵中秋分韵，康熙刻。九行，十八字。上下线口，左右双边。版心题明月诗筒四字。前有康熙庚戌云间周茂源序，苏渊序，每人诗后有评笺。作者有嘉定侯策天存，莱阳宋琬荔裳，嘉定王泰际研存，建邺余怀澹心，嘉定王翃翰臣，嘉定陆元辅翼王，上海赵子瞻半眉，嘉定张鸿磐子石，嘉定王晦服尹，昆山叶奕苞九来，西泠沈武音文谷，吴江赵沄山子，长洲马万士延，嘉定苏渊眉声，嘉定孙翙恺似，嘉定许自俊子位。凡十六人。

吴越诗选

此《吴越诗选》存卷五之二十二，亦山阴祁氏《寓山遗书》也。估人与祁奕喜手评选本唐宋古文同持来者。无论传本至罕，所收大抵皆明亡后十年中诗，冠山堂亦寓山一境也。魏耕慈溪布衣，为祁六公子所结客，因谋故国兴复之业，事泄被逮死，祁氏因以破家。此卷中梅村听卞玉京弹琴歌后钱允武跋云，甲申后十年矣。七律祁班孙诗题亦有丧乱以来不觉十载语。因知此集编刻在顺治十年顷，更八年辛丑而班孙被祸也。卷一之四一册失去，今不存矣。人间恐无二本。寓山遗藏，历劫更出，当珍护之。甲午春日，黄裳。

旧钞祁理孙《奕庆藏书楼目》集二诗总类著录此书，“吴越诗选二十二卷，明朱士稚等选”。所著即此寓山藏本，丁酉腊月廿一日，黄裳记。

梅村听女道士卞玉京弹琴歌，在卷六中。诗后有允武跋，风致自佳，更存玉京故实，如见其人。其词曰：“予于甲申三月三日，识玉京于半塘湖舫，沉饮竟夕。次日访之曲中，玉京方起与坐客弹琴，声彻帘外。排闼就之，玉京舍琴笑曰，吾指下小弦急，知有生客唐突也。忆此已是十年，中间丧乱流离，飘零湖海，重过金阊，则玉京已为豪有力者主之矣。今读学士诗，叙次哀乱淋漓，凄凄欲绝。回思向时，不禁回肠九折也。”此集诸诗，多附雪窦允武笺评，所存沧桑间遗事不少，不愧诗史。戊戌八月更记。

竹垞《曝书亭集》卷四，顺治十七年庚子，有“梅市逢魏璧”七古一首。前一年己亥有“梅市对雨迟朱士稚不至，同吕师濂、祁理孙班孙分韵”诗。洎十八年辛丑，遂有“山阴雨霁同杨大春华游郊外，余朱廿二士稚墓下”诗。排比诸诗，知朗诣之逝必在十七年前后。癸卯遂有“梦中送祁六出关”诗。朱十晚年订集，不避网罗，不忘死友，不失为君子。亦可证此集之刻，必在己亥以前也。戊戌七月廿四日更跋，黄裳。

《竹垞文集》卷七十二，有贞毅先生墓表，为朱士稚作也。此文最有关涉，生死交情，痛切如见。然文中殊不敢著诸人名字。文网之密，使人凛凛。六人者朱竹垞、朱朗诣、陈三岛、祁班孙，四人皆见于文中。其归安好友二人，曰魏白衣，曰钱允武，渡江经纪士稚之丧者，亦二人也。魏朱钱三君皆著名于此选大题之下，不啻为竹垞文增一笺。更证以允武“甲申后十年矣”之语，则书成必在顺治甲午乙未之间也。己亥二月初八日，更跋于来燕榭中，黄裳小燕记。

长乐郑氏藏此书全帙。日前函应昌弟为补钞序例来，今日书至，计前有云间盟社弟吴懋谦六益序。又朱士稚、魏耕、钱缵曾三序，次凡例十一则，其文甚繁。此本所失之卷一为乐府诗、四言古诗；卷二之卷四，五言古诗也。因手抄序例，附于此本之前。暇当为一文以跋之。序例所言颇有关涉。明清易代之际，清流议论，似惟恐其选之不备而遭评骘者，于钱牧斋、龚孝升、吴梅村、曹倦圃等尤经意列为一条论列，似朱魏等不畏新朝斧钺，转于此数人有戒心，其故可深长思也。至列牧斋有美诗于艳体，更于方外苍雪诗中选无题一绝。“石头城擬受降城，莫问三公及九卿。毕竟江南长乐老，为全桑梓失高名。”其意可见。宜朱长孺之有后言也。甲辰三月初一日，雨窗记。黄裳。

《吴越诗选》二十二卷，前五卷佚，顺治刻本。九行，十九字。白口，左右双边。版心下有冠山堂三字。

中唐十二家诗

此亦山阴祁氏遗书也。只存储庐张王贾五家矣。寓山藏书复散于三百年后，更遭毁弃，多残零不完之册。余每见必买，至今所得近二百册矣。暇日披寻，亦大有趣。爰漫记之，俾后人知此自澹生堂紫芝轩中来也。

《中唐十二家诗》，万历刻，写刻。九行，十九字。白口，四周双边。卷首大题下三行云："江左兰嵎朱之蕃校，门人朱熙文、罗顺标、王世茂梓。"前有万历壬子孟夏之吉金陵兰嵎山人朱之蕃全唐名家诗集总叙，朱之蕃刻中唐十二家诗小序，次刻中晚唐诗名公姓氏，次中唐诗人姓氏，各附小传，凡储光羲、独孤及、刘长卿、钱起、卢纶、孙逖、崔峒、刘禹锡、张籍、王建、贾岛、李商隐十二家。今存储、卢、张、王、贾五家，为卷一又卷七之十。十二家外尚有孟郊、郑谷、许浑、姚合、杜牧、薛能、李中、吴融、罗隐、李频、许棠、杜荀鹤十二家。识语云："以上系中晚名家单集，抄本居多。陆续搜访，恐致遗佚，并梓以公同好。"云。

类编唐诗七言绝句

十余年前于甬估林集虚处多见天一阁旧藏唐人别集，皆正嘉以后刻，皆精整，有范氏印记。其时不甚重之，有买书钱皆取抄校及明刻之罕见本也。近来始感可惜。唐宋名家诗集世固多有，然取一旧刻读之，其味弥永。非近时恶刻所可并论。此册亦天一阁中物，却得之于麻袋中。尾佚去道释类数番，重装藏之，居然楚楚。此非名物，为藏书家所不重，然我则绝爱之。此意索解人不可得。今日休沐，微雨初晴，余寒犹厉。案头碧桃绝艳，新得乾隆青花茶盏，沦龙井新茗，磨汪近圣墨跋此，明日清明矣。乙巳三月初三日记。

此《类编唐诗七言绝句》一卷，天一阁旧藏本也。尚有五言一册，今不存矣。刊极古雅，余极赏之。癸巳正月。

《千顷堂目》作一卷。英正德辛巳进士。王交识语属壬戌，此刻必在嘉靖中也。小燕记。

《类编唐诗七言绝句》一卷，清江敖英批点，慈溪王交删订。嘉靖刻。八行，十七字。白口单边。前有序目，后附敖英、王交识语。王识属壬戌蒲月。

风怀镜

此《风怀镜》四册，余悬之梦寐久矣。一日偶见之温知书店之小楼上，头本已为人取去，未得便买。急促估人取归，间日过之，十日后方买得，欣喜之至。陈仲鱼藏印曰，得此书，费辛苦。后之人，其鉴我，初视似甚可笑。余得此书不可谓不辛苦矣，乃深感其意，言婉而深也。同得乃有乾隆刻方士庶《环山诗钞》，为汪氏问礼堂藏本，罕秘特甚，乃有全不费功夫之概。书缘种种，未可一例观也。乙未三月初五日，黄裳记。

此一端公案，有名于清初。竹垞晚年定集，不删风怀，宁弃两庑特豚。乃杨氏从而追求，致成疑案。俞君更从而辨之，迹近无聊。然方法细密，务求真实，端可示人以璞。非无用之书也。况流传绝罕乎。重阅一过，研朱作记。辛丑端阳，夜窗灯下书。黄裳。

曹元忠《云瓿词》有《洞仙歌》，小序云："题竹垞手定风怀诗稿。稿旧藏聊城杨又云司马继振家，近归嘉兴沈子佩曾植，余因璐隐得见是稿。凡五纸，风怀二字系后定本，其先题为静志，盖与集中洞仙歌词题《静志居琴趣》并取洛神赋语意。坨翁两同心词云，洛神赋小字中央，只有侬知，殆其人乎。”君直词后又有小注云：“坨翁洞仙歌云，金簪二寸短，留结殷勤铸就，偏名有谁认。祥符周先生季贶云，是簪十五六年前尚藏太食某氏，上刻寿常二字。因悟诗中巧笑元名寿，妍娥合唤嫦，即析此二字。又簪藏太仓，故太仓杨叔温云璈有鸳水仙缘弹词纪其事。镇洋陆贻美曾炜、太仓陈玉笙宝书尝为余言之。”癸亥十一月，旧藏被劫书又还来七百种，中有小词百许册，漫阅得此故事，因记卷尾。黄裳记。

《风怀镜》四册，山阴俞国琛纂，赵学海参，吕以佺校。嘉庆丁丑刊巾箱本。六行，十二字。版匡上有阑，著注语。白口，单边。版心上有齐心耦意四字，分题四册。前有嘉庆丙子赵大奎序，自叙，凡例，题词。

西厢记

此凌初成本《西厢记》五卷，朱墨套印，抚印极初。附图十番，雕镌精绝，悦目赏心。姑苏书友携来示余，因即留之。此本精印全图者绝不易觏，董授经集西厢图六种成《千秋绝艳图》二册，亦收此本，而逸去其第三幅，罕见可知。明刻曲本之附图者，近来鲜有。余既获《西园记》又得极初印之《吴骚合编》，今复有此，可为快事。爰记卷耑，以识岁月。辛卯春二月初二日，黄裳。

明刻曲本小说之附图者，十余年前，价等宋元。余所得不多，见而失收者亦不过十许种。估人知余好书而无力，此种奇货，搜求者多，遂不以之示我也。此四册却系吴下估人吴瀚携来示余者。忆一日方卧未兴，门外有叩门声，起而应之，即吴君。珍重展此见示，悬直甚高，然毅然留之，不与论价，举债偿其值。此为名著，图画尤妙绝。早于董授经《千秋绝艳图》中见之，尚非全璧，况此棉纸初印之本乎。明季凌闵二家套印附图曲本有五七种，然徒以图绘之妙，眩人目睛，原本多非佳册。如绣襦一记，余旧有文林阁本，以较套印本，无论曲文宾白，皆远胜之。惟此西厢五记，文字之妙，亦胜明刻诸本。于套印附图之曲本中，堪称白眉。书归我后，数为长跋记之，并付工重装，珍为枕秘，于今盖十有五年矣。每当暇日，展阅及此，未尝不心旷神怡也。明日当有海港之行，夜饮西凤酒一盃，灯前展卷，弄笔志此。旧跋已失，赖此补之。试同治赵之谦胡澍所制校经墨书之，以为快事。时戊戌年九月初七日，立冬前十日，记于来燕榭。

《西厢记》五本，元王实甫填词。明凌初成刻，套朱本。八行，十八字。白口，左右双边。第五本属“元关汉卿填词”。首凡例十则，属“即空观主人识”。下钤朱印二方，一“濛初之印”，一“初成氏”，俱白文。次西厢记旧目。次图十叶二十幅，板心下有“新安黄一彬刻”六字，又有“吴门王文衡写”一行在图末。每本后附解证。后附元人增对奕一折，元稹会真记。收藏有“上海徐氏蕉砚斋藏”（朱长）、“岭南诵辨”（朱长）。

新镌西园传奇

明刊曲本附图者，自郑西谛王孝慈诸君竞相收取，价遂大涨，几非我辈所敢问津。此册余以重直得之来青阁，为所藏之第一种。此后更得最初印本吴骚合编，万历王李合评本《琵琶记》，闵刻《西厢记》，文林阁本《绣繻记》，皆绝佳。见而失收者高文举珍珠记，富春堂曲五种，樱桃梦也。二年来所见只此。今夕重展，因题卷耑。壬辰三月初一日，黄裳。

王培孙遗书中有曲本数种，亦有此记。惟上卷前失如干番，图亦不存，印复模糊。年来所见，只此而已。癸巳清明重展记，小雁。

鱼篮记

己未冬日十一月十二得于海上。黄裳珍藏善本。

明万历以还金陵书坊刊传奇甚夥，著名者有富春堂、文林阁、继志斋、世德堂、凤毛馆等，多为唐氏所设，似以此为传家世业者。所刊多附图，唐对溪富春堂所刊，古朴类唐画，世德、继志少工致；惠畴文林阁所刊精丽特甚，传世之本都二十许种。余旧有绣襦一记，亦所刊也。此《观音鱼篮记》北京图书馆藏一本，后影入《古本戏曲丛刊》，图全夺去。更见明本图录有一本，日本京都帝大亦有一本。此册初印明丽，得之海上，得意之至。几二十年不购书，旧藏亦尚未归，乃先以重直易此，似书缘未尽而书痴且加甚也。不禁自笑。两月前重游金陵，得温昔梦，归来而此书至，似预为之兆者。展卷摩挲，因为题记。时己未十一月十二日。冬晴，记于来燕榭中。黄裳记。

《新刻全像观音鱼篮记》二卷，金陵书铺唐氏梓行，明刻本。十一行，二十字。白口，单边。书眉有阑。前有目录，扉叶大书书名，又“金陵唐氏藏板”一行。精图五幅。

元曲选图

半月前估人自湖州乡间得来旧书数种，俱以归余。以此册及嘉靖刻《诸葛武侯十六策》为其中白眉。此本图一百幅具存，其中少有缺失。然绝初印。元曲选行世多后印者，似如此明丽者，未之见也。明刻板图必取其最初印本，且必求竹纸印本，此意知者殆少。此本开板于万历乙卯，去今三百四十三年，犹存图百幅，得不谓为巨观耶。近方纪念关汉卿，取国藏元曲选图版复印，然已后印，线条断裂，题字模糊，仅存轮廓。因是更不能不珍惜此册矣。因携归藏之，并记岁月。时戊戌六月十一日，小燕书。

此图刊刻出新安诸黄手。有黄礼卿（二十八页）、黄端甫（第三十页）、应光（第三十七页）诸题，后印者皆不存矣。又记。

《元曲选存图》一册。万历刻。前有万历乙卯臧晋叔雕虫馆大字序，次目录，次曲论。

吴骚合编

此《吴骚合编》最初印本，余阅肆经年，所见以此为第一。见之修绠堂案头，立携之归，不复问价。今日议值毕，此书乃为余有，得书辛苦，不足为外人道也。辄记卷耑，以识岁月。庚寅初冬十月十一日，黄裳。

此书为王绶珊身后，朱遂翔巧取以归之物。孙估助廉更买之出，遂以归余。以旧本三十部易之，都去四百许册书，真痴绝也。辛丑正月更记。

王绶珊盐商而兼大地主，不知书，然能附庸风雅，出其羡余，以得旧本。遂得留姓名于藏书史中，与乾嘉间布商汪阆源并著，亦大幸事。

获此书后五日，偶过市肆，遇为九峰旧庐管理藏书之顾某，谈及王氏后人窘迫之状，令人扼腕。其家共九房，有田万亩，今乃不可更问。房地产售尽，全家大小六十人赖以为活者只故书两屋耳。尚余地方志两千八百余种，最为巨观。其余宋刊尚有《秦淮海集》《古灵先生集》等，急迫无售主，赖斥卖家具举火。藏家下场如此，可慨也。此书出徽郡山中，至沪上后欲得之者颇不乏人，终为王氏以三百六十元之高价攫去。其底册犹在。余之获此亦耗米十许石，然视王绶珊之以业盐起家者，其难易乃不可以道里计矣。书福可傲同人，书痴亦加人一等，辄书卷耑，以存此一段掌故焉。十月十六夜漫书。

晚明板画至启祯中已臻绝诣。汪成甫、项南洲、洪国良诸君所刊至富。此《吴骚合编》所附诸帧，尤为精绝。余年来所见，不下三四本。而多为后印者。此册抚印绝初，来自徽省山中，实海内最佳本。每一展卷，心目为爽。今日得闲，又阅及此，遂跋数行。壬辰五月十六日，小燕记。

近数日来海上书市之盛，乃为年来所未见。孙助廉自京挟王君九书来，书市为之一振。继而无锡孙氏小绿天书又为孙氏载之入市，善本不少。而九峰旧庐劫余精粹之为朱贾遂翔巧取豪夺以去者，复为渠得之。此三批书余皆得经眼亦均得其精粹，快慰之至，而精力亦感不继矣。陈仲鱼藏印曰，得此书，费辛苦。后之人，其鉴我。朱竹垞藏印亦云，得此书，甚不易。愿子孙，勿轻弃。向颇笑其迂，而今乃深感其言之深切有味也。此《吴骚合编》原刊本后自抱经堂出，余见之肆中，不更论价而迳取之归。以如此书林尤物，见而欲攫之者更不乏人，苟一迟回，即成陌路矣。十五年前余获商务馆影印本于天津，即深爱之。后于各图书馆及旧肆中，亦二三见之，然皆后印本或竟有抄配原图之本，未能浃意。此本最初印，诸图细若游丝，锋棱毕现，晚明刻工之最上乘，亦中国雕版史上最光荣之叶也。得此一书，则板画之藏可无遗憾矣。此书原刊扉叶犹存，白雪斋牌记俱在，尤足珍重。

百万一掷，倾囊不惜，值是故耳。近十日来得书几三十种，内黄荛翁跋藏本二，吴尺凫校跋本一。明钞本十，旧钞本三，嘉靖本六，名人钞本一，晚明禁本三，可谓富矣。最得意者朴学斋钞周香严校之《吕和叔文集》，孤本《桂坡馆游记》，尺凫校明景宋本《琴史》及此册也。是不可以无记。爰笔得书颠末于此，志欣幸焉。庚寅初冬十月初八，得书翌日，黄裳记。

晚明雕版之精，尤以插图为最妙。其事殆始于万历中，金陵武林坊市，多以此为竞争手段。此书实为代表之作。传世不乏，然似此最初印本则绝未前见。此种书必以竹纸印之乃佳，棉楮厚重，线条纤细，不能传其妙也。余箧中所储明刻版画多矣，亦有绝罕之册，然终以此为第一名物。清斋展卷，心目俱爽。此书行世不十年，乃更有名工如鲍承勋辈出。然所刊即板滞不足观，风格判然，时代更易，于雕板之业亦可觇其变化，真不可思议之事。辛丑正月十九日，久雨初霁，更为跋此。黄裳小燕书。

《吴骚合编》四卷，虎林骚隐居士选辑，半岭道人删订。崇祯刻。九行，二十字。白口，单边。前有丁丑仲春花裀上人许当世序。崇祯丁丑春仲骚隐居士楚叔父题于小墨墨居序。版心下有古歙汪成甫镌六字。丁丑花朝半岭道人旭初氏跋。次吴骚初集序，题“万历甲寅秋日清懒居士书于尚白斋中”；二集序，题“花裀上人许当世题”；三集序，题“半岭主人题”。次衡曲麈谈，次凡例，题“白雪斋主人谨识”。次魏良辅曲律，次总目。次目次。全书精图二十二幅，刊者武林项南洲洪国良、古歙汪成甫、武林项中华也。卷前附棉纸扉叶，大书蓝印双行云：“新镌出相乐府吴骚合编。”侧一行云：“白雪斋点定。”上钤龙纹圆朱印，下侧朱文方印十一行，文云：“词余之传，其来尚矣。佳本之获，世顿罕焉。往刻吴骚诸集，海内风驰，坊肆效颦，终难继武。第流行日久，积渐模糊。选帙屡分，未称合璧。兹特审音选订，精心删补。写丽情而务除俗套，搜旧曲而博览新声。更加画意穷工，增一编之景色；点板合法，师九宫之渊源。敢云大雅之复兴，实彰骚坛之全盛云尔。白雪斋谨识。”

鹊亭乐府

此康熙刻《鹊亭乐府》四卷，传世甚罕。四明卢氏故物，余于南陵徐氏所藏诗余中得之，实散曲也。乙未九月初三日，黄裳记。

《鹊亭乐府》四卷，当湖陆楙林士一字匏湖著。康熙刻。九行，十九字。上下黑口，单边。前有澹归今释序，康熙辛亥武源年眷弟蔡启僔序，秀水朱彝尊跋，康熙丙寅弟肯堂序，每卷前有目。收藏有“抱经楼”（朱长）、“积学斋徐乃昌藏书”（朱长）。

饮酒读骚图

庚寅春二月海上所收，黄裳。

此钱唐女史吴藻撰，郑西谛曾刊入《清人杂剧二集》。郑藏原本失去卷首图一叶，此本却全，可重也。余获之估客书包中，为南陵徐氏故物，惜书经裱过，颇不耐观，当倩工重装之。庚寅冬十一月廿三日。

此本曲词及题咏俱佳，于闺秀艺文中堪称妙制。蘋香所撰词后又收得二本，当同装并储之。壬辰十月。

《乔影》一卷，道光刻本。五行，十二字，白口，左右双边。前有螺峰女士顾韶写饮酒读骚图，有丙戌六月越岘山人锺绩辰题词。后有葛庆曾、吴载功跋。次闺秀题词三叶，汪端、张襄、归懋仪等撰。后题词，有许乃穀、齐彦槐、陈文述等二十人作。六行，十二字，刻甚精。收藏有“南陵徐乃昌鉴藏经藉金石书画记”（朱文小方印），“徐乃昌马韵芬夫妇印”（朱文扁方）。

桂香云影乐府

庚寅秋石麒收此本于吴下，余又展转得之。此本流传甚罕，亦不知作者姓氏，暇当考索得之。黄裳记。

西谛善本曲目著录此本。庚寅岁暮记。

《桂香云影乐府》，秋绿词人填谱。道光刻。八行，十八字。白口，左右双边。前有丙午阳月鸥梦词人序于珠湖小沧浪馆序。次目录，共八折。

珊影杂识

庚寅春二月初十日海上收。

此书有盋山精舍石印本，所据为传钞本，罕见可知。郑西谛所藏，尾有缺失，似亦未及听雨录，只云不分卷一册，似又是别一本也。辛卯六月初九日，病起检书记此。

《珊影杂识》二卷，道光己亥刻。九行，二十三字。白口，双边。首海州张佩珊背面图并赞，次佩珊女史墓志，次《孤篷听雨录》，有丹徒严保庸自记小引。以上为上卷。《盂兰梦传奇》，题丹徒严保庸伯常填词。是为下卷。后附《盂兰梦曲谱》，南丰谭祖同桐舫订。有牌记双行云："道光己亥仲春刊于金阊旅次"。卷尾双行云："姑苏阊门外洞泾桥西首吴青霞斋刊刻"。徐乃昌藏书。

太和正音谱

此旧刻《曲谱》残卷一册，检得于萃古斋。起四十九叶，前不知尚有何名也。以余目验，殆是明初藩府所刊曲选之一种。断种孤帧，安得以不完而忽之。所录诸调目录却完，足供曲家考索。癸巳三月十五日，黄裳记。

此海盐姚士粦藏书。卷耑有其印记，可珍异也。更知此册在叔祥藏弆时，前如干叶即已不存。罕秘孤行，由来旧矣。同夜小燕再书。

此书买得后即付工重装，未遑考索，亦不知其名，但知为明初旧本而已。今日赵斐云来斋中观书，示以此册，欢喜赞叹，以为得未曾有，盖即洪武原刊之《太和正音谱》也。钱唐丁氏曾有旧抄，即影洪武本者，与此正同。嘉靖前后曾数数翻刻，原本迄未闻有著录之者。今乃重现人间，岂非绝妙之事耶？丁氏所藏旧抄，有梁溪蔡氏印，又有汪士钟印。涵芬楼秘笈曾影入之。暇当取对以证之。此书题丹邱先生涵虚子编。原本二卷。涵虚子者，宁王权之道号。又号臞仙，太祖第十七子。洪武二十四年封，永乐元年徙南昌，正统十三年薨。原书前有自序。四库未著录，是流传绝罕者。客去后灯下漫记。癸巳五月廿一日，黄裳。

斐云久病，余念之不已。实以近时版本之学，无逾此君者，人才难得也。半月前余以事入京，晤谢刚主，告“文化大革命”中斐云所遇诸酷。先是为拘系于地下室甚久，阴湿不堪。逻者知其性最畏蛇，乃以置于卧具中，大惊怖，遂中风，以至不起。近国家订定全国善本书目，聘顾问三人。周叔弢丈外，斐云亦其一。另一人则潘某，实不足与此选。斐云得讯大兴奋，终夜不能眠，翌日疾作，遂卒。余访北京图书馆日，适为斐云送葬之辰。因得一赴，并睹遗容，不可谓非有前缘也。此本余初不知为何书，斐云一见即断之为正音谱，检视果然。此种眼力学养，今无之矣。重阅前跋，忆及旧事，不能无黄垆之痛，遂更跋焉。庚申五月廿八日，黄裳书。

汲古阁珍藏秘本书目中，有“秦西岩手抄太和正音谱二本，一套，二两”一条。知明人亦少见此本，手抄之矣。此为洪武原刻，并世无两。残帙庸何伤乎。甲子上元日，家居不出，展视旧藏，漫志岁月。试乾隆汪近圣和州太守墨宝书此。黄裳。

《太和正音谱》二卷，存卷上四十九叶至九十二叶止。洪武刻。半叶六行，大字占双行。赵体写刻。大黑口，四周双边。版心题“谱上”。收藏有“海盐姚叔祥藏”朱文扁方印，“刘蓉裳珍藏印”朱文长印。

曲律

此天启方诸馆刊本《曲律》四卷。卷一及卷二前九叶失去，当钞补之。同得尚有万历刻《玉丸记》二卷，亦孤帙也。癸巳清明后一日，黄裳记。

此天启中方诸馆原刻本《曲律》四卷，世罕传本。沈宠绥《度曲须知》、魏良辅《曲律》、楚叔衡《曲麈谈今》皆有覆本，只此无之。仅北平图书馆旧藏一帙，存亡亦不可知。此册为甬估林某挟来海上者，佚其卷一及卷二前若干番，寄吴下故人曹有福君为重装之，以明时旧楮订于卷耑，它日当补完之，久久未至。会许姬老索阅此册，因促之寄来，今日书至，识其始末如此。癸巳芒种前日，黄裳。

此册前以明时旧楮数十叶补之，意欲补完，然二十八年后仍是素纸，不知何日得遂此愿，重展记之。黄裳。

《曲律》四卷，会稽方诸生王骥德伯良撰。勾余郁蓝生吕天成勤之校，柳城翁孙如法世行订。（孙当在前）天启刻，十行，二十字。白口，单边。板心下有方诸馆三字。后有曲律后语，天启阏逢困敦之岁松陵友弟毛以燧跋，附王毛诗数首。

乐府传声

大椿为虹亭孙，以道情有声于时。此传声一卷，专说曲子唱法，其详尽远逾前人，自能拍曲，凡所声说，俱从实验中来，非纸上音律之学也。于四声唱法，收声交代，曲情轻重疾徐，高腔轻过，低腔重煞，细细分说，无异曲师教歌，而能细密条理，成一家言。近代曲家，都未见此，诚罕见佳册也。丙申六月，偶得之肆中，当为流布之。戊寅七月廿八日，重展记。

《乐府传声》，吴江徐大椿灵胎著。乾隆精写刻本。十行，十九字。白口，左右双边。前有乾隆十三年同学德清胡彦颖序，维扬唐绍祖、华亭黄之隽题词，目录，次乾隆甲子吴江徐大椿书于洄溪草堂自序，扉叶题“丰草亭藏板”。后附道情序。

皇朝文鉴

初余于秀州书社得明嘉靖晋藩刻《宋文鉴》残本十六册，为李南涧故物。后屡过肆欲求配全未果，亦复淡然视之。今日偶过汉学书店，郭石麒、徐绍樵俱在，方翻阅明万历刊《六经图》，大册悦目，系堇斋昌龄旧藏。闲谈间余询肆中可有残书可观者否，郭答有《宋文鉴》。余问是小字本否，郭答是嘉靖小字本也。促其取阅，即从后进灶下抽出，又《苏长公外纪》《柳河东集》等，灰尘满积，霉蚀过半。即论价以百元得之，以为甚廉。携书归来细阅，见目录只存文鉴二字，上当尚有二字，已挖去。始悟与旧藏本非一刻也。卷中尚存未挖处，赫然《皇朝文鉴》也，又有作《圣宋文鉴》者。避宋讳处有桓字、敦字，缺末笔，惇、廓、敦字等皆加墨圈。裕陵、艺祖、宋、帝心、帝曰、元圣、上、陛下等皆空格。笔法刀工，茂美无伦，真宋刻也。虞山沈氏旧藏，精裱旧装，副叶俱用桃花纸，必出王府邸中，大可珍重。四五年前沈氏书散，沪上诸肆，鉴别审定，纷纷散售。此本竟以嘉靖残本见遗，弃置烟灰煤火之间，几为鼠窟，真可叹息。黄裳。

此残宋本《皇朝文鉴》，为麻沙刘将仕宅刻本。装褙极工，所衬叶皆桃花纸也。念旧时书主人固以宋本视之，奈何不之宝而弃置灶下，其不为虫鼠啮尽者盖亦仅矣。黄荛翁有残宋刻五部，有大小字之别。效述古主人百衲史记之例装之，少目录之下装。《爱日精庐藏书志》亦有旧抄端平《重修皇朝文鉴》，荛翁即从张氏借抄补完。其本系叶文庄公于明正统天顺间传录宋刊本。可见此本自明以来即鲜全书，以校明刻，佳胜更不可计。北平图书馆亦藏三残本，中多奇零，存卷更不及余此本之多。暇日展书，书香墨色，中人欲醉，宋本书之可宝，即在此等处。天顺间曾有重印本，书名皇朝二字已补为宋字。《瀛涯琐志》记牛津藏本如是。此本皇朝圣宋字样尚间有未铲尽者，即铲去亦未之补，断为宋末元初顷所印，可无疑义云尔。三十八年二月廿日，晴窗展卷，更为此跋。

更按《爱日精庐藏书志》记梁溪沈氏嘉泰甲子重阳日跋云，《皇朝文鉴》一书，诸处未见有刊行善本。唯建宁书坊有之，而文字多脱误，开卷不快人意。新安号出纸墨，乃无佳书。因为参校订正，锓板于郡斋。按此则端平重修之本即据此棚本翻雕者，是此本为最早祖本也。同日更记。

《皇朝文鉴》一百五十卷，目录三卷，今存目录中，卷六之三十一、卷三十二之五十、卷百二十七之百四十三，共存六十三卷。宋麻沙刘将仕宅刻。半叶十二行，行二十一字。黑口，左右双边。卷一之十五，长卷头，共百另三页；卷十六之二十三，长卷头，共一百十四页。

敦、桓缺笔，他宋讳如惇、廓等字皆墨圈。裕陵、艺祖、二后、宋、天子、元皇、帝曰、嗣皇、陛下等字皆前空一格。大题铲而未尽者有《皇朝文鉴》《圣宋文鉴》等。在下黑口上有刻工姓名希、善、付、富等。收藏有“虞山沈氏希任斋劫余”朱文方印。

华及堂宾朋唱和集

今日饭后驱车去拉斐德路阅肆，隔夕积潦犹存，街市大半浸水，过诵清阁，主人出示新收故籍，中有此种。书共六种，无总名，皆汪氏友朋交旧赠答之作。汪氏兄弟广交游，好藏书，一时名士多往访留题，汇成巨帙，不殊玉山之盛。亦浙中文献渊薮也。庚寅白露前三日，黄裳记。

《华及堂宾朋倡和集》，康熙刻。十行，廿一字。上下黑口，单边。前有康熙三十一年练江汪文柏书于凤鸣里之巽隐斋总序。

《题照集》一卷，曹溶、潘耒等作。凡十七页。

《宠砚录》二卷，苇城张光曙序。所咏即屐砚，汪柯庭所藏。

《集华及堂倡和诗》一卷，壬戌天山遯厂贺国璘序，碧巢汪森跋。

《西河慰悼诗》二卷附《补遗》。雪溪渔父陆之垓编次，并题辞。潘耒序，康熙辛未薛熙序，汪兆熙墓志铭，次姓氏，凡一百十二人，补逸二十二人。云林原志跋，康熙庚午汪文柏跋。

《汤饼辞》一卷，俞玚序。

《华屿嘤鸣》一卷，张光曙序。

《同心言初》二集。康熙癸酉武塘钱黯序，二集前甲戌星渚学人陈永序。

宋诗纪事

樊榭山人此书，取材渊博。向来读赵宋一朝诗者，推为名著。后踵起而为辽金元明诗纪事者，代不乏人，无有能逾此作者。佳印本颇不多遇，此本得之传薪，去米石许。有杨芸士沈芸初藏印，抚印绝初，展卷怡然。此乾隆中武林所刊，与赵氏小山堂刻书风气如一，雅趣流溢。虽用宋体字而绝无俗态。时世承平，士大夫文酒风流，往往于此中可觇其逸韵，可宝爱也。癸巳初夏四月十四日，小雁。

樊榭此书不愧大著作，用力亦勤矣。有宋诗人得此可为大观。纪事之作，代有其书，终当以此为最佳，刊刻精雅，清刻中俊物也。沈韵初印记精甚，更是可珍。树镛南汇人，能画，收藏甚富，皆非凡品，流传亦罕。得书后十六年，中秋前六日，重阅更跋。

甲午元日，晴窗展卷，漫阅。今年小燕远在越中，乙未新正，当已妆台相傍矣。使见此跋，当为一笑尔。木雁斋。（卷一末）

癸卯二月初一日重展此卷。研朱漫阅。时方撰下玉京小说，构思不属，乃停笔而阅杂书也。

己亥八月廿七日重阅。《鸳湖记》小记未能终卷，即草稿亦不存矣。（卷八末）

癸巳七月廿七夜，宴浣华归。灯下漫读。

甲午三月尽日，天甚燠，入夜作寒，小雨廉纤。方于市上得白玉小砚，因研朱点阅此卷，惜其小，不能容此长锋书画笔也。燕记。（在卷九末）

己酉九月初五日，天晴而暖，颇似初秋，江南佳日也。散直早归，市京中制饼饵一匣，归而奉母，老人为之解颐，人生最乐事也。夜灯下阅宋诗至此，因记。（卷十一末）

癸卯二月初一日漫阅东坡御史台诸诗，可令感慨。

己酉八月初六日重阅东坡诗案诸作，感慨系之。士夫之病，自古已然，荆公真不可及。（卷二十一末）

《宋诗纪事》一百卷，钱唐厉鹗缉、祁门马曰琯同缉。乾隆樊榭山房刻。十一行，二十二字。白口，左右双边。乾隆十一年樊榭厉鹗太鸿序，次总目。收藏有“杨文荪印”（朱方）、“海宁杨芸士藏书之印”（朱方）、“韵初”（朱文联珠印）、“沈树镛珍藏印”（白方）。

唐宋文钞

水月斋《指月录》三十二卷，山阴祁氏遗书。十七年前郭石麒介以归余，知为祁理孙手批阅本，前有蓝笔跋语，为理孙子昌徵书也。甚珍重之。后更收班孙手阅唐宋文二十许册于山阴梅市，验其笔迹，始知《指月录》先后为祁五祁六兄弟手批，其清秀者班孙笔也。为之狂喜。唐宋文为班孙塾中读本，底本是茅鹿门评刻者，每册前有道僧、五云头陀朱记。评语甚多，拆下重订，不以原选为次第。卷中每有题记，感怀时事，痛斥虏廷，更记夷度藏书，忠敏救灾诸事。自属所居曰剩国，是皆乙酉以后、遣戍以前所记也。遗民心曲，历历如见。深藏密锁于梅市者凡三百年，不为清吏所见，亦大幸事，不然族矣。

此祁奕喜手评阅本唐宋文，得之已三年矣。余辑校忠敏《远山堂曲品》成，亦已二载。尝于故事中得祁氏故实，都为一卷，附《曲品》后，凡二万余言。近读刘继庄《广阳杂记》，见有所记奕喜故事，颇尝于他书，因录之如下。

祁班孙字奕喜，山阴之梅市人。父彪佳，崇祯时巡按南京。弘光时又为巡抚，俱有清节。国变，衣冠正笏坐荷花池沉死。班孙不应试，肆力为诗古文，好结客。康熙元年以与魏耕交，流宁古塔。至则赂其督师，弛约束。四年，脱身归，匿梅市一年，颇为人知。守令以下物色之，乃下发为尧峰僧某弟子，号曰咒林明，主常州马鞍山寺，喜谈议古今而恶讲佛法，缙绅先生多疑之，而莫有知其姓名者。言明末事辄掩面痛哭。十二年十一月十一日，忽沐浴曳杖绕室，大呼曰，我欲西归，有缘者随我。如是者终日，观者如堵，骇不敢近。入暮，跏趺垂眉，久之，忽张目曰，动一念矣，遂卒云。丁酉九月初四，凉秋阴晦，心境亦复如是，弄笔记。

《唐宋八家文钞》二十册，明刻本，归安鹿门茅坤批评，孙男闇叔著重订。九行，二十字。白口，单边。祁奕喜手批阅本。有“道僧”白文方印，“五云头陀”白文方印。每篇后皆有批，今摘其要：

“夏孟画阅于平原楼，仲初因乳至梅市。”钤“班孙印”白文小方印。在韩文行难后。

“竹光楼转月来初，弃印虞卿漫著书。潦倒原因胡市异，复堪白马遍闲居。无空子记四月晦日事。”下钤“五云头陀”白文方印，“班孙”“奕喜印”朱白文扁方联珠印。

“磊磊千万言，无一缓笔，无一闲意，后段照应处更细甚。以宋而合之国朝，真有流涕而不忍读者矣。”在王安石上仁宗皇帝言事书后。

“二月廿七日阅于剩国。是月读书颇有所得。”下钤

“班孙印”白文方印。在柳文“邕州马退山茅亭记”后。

“辛巳大荒，先忠敏殚精悉力，所全活者几十万人，其设施之方，小异而大同，然无官守之责也。此其于古人为优矣。仲冬八日。”钤“班孙印”白文方印，在曾文“越州赵公救灾记”后。

“七月十六日剩国子阅。”在欧文“明因大师塔记”后。

“宋时文尚近古。今之时文，直废却一篇浑厚正大议论，方为合作。为功名者，无可奈何。今日正可作一种有用文章。乃有一辈，口谈忠义，而以为废却时文无可言文理者，可羞可耻可恶之极。顺时二字，乐子受教多矣，吾辈亦受教多矣。”在欧文“与荆南乐秀才书”后。

“大好议论，中秋后一日，喜道人于剩国阅。”钤“班孙印”白文方印。在王文“答陈梠书”后。

“十一日夜，奕喜手评于剩国”。在曾文“徐幹中论目录序”后，钤“班孙印”白文印。

“予家自夷度公至于先忠敏，虽不能如欧阳公王廷尉，然亦不为之下。阅聚而必散之语，使人惕然。祖父所遗而失之于子若孙，可不惧哉。至于兵火所加，亦将尽心于是。力竭而不足，则天之命乎。”在欧文“集古录目序”后。

“二十二日阅。是日为祖叔祖婶八旬双寿。生一甲一科，而兄弟侄子皆或科或甲，真古盛事也。”钤“班孙印”白文印，在欧文“欧阳公墓志铭”后。

槜李诗系

三十年前余偕燕访当湖妇家，居二日。暇辄访书坊市，无有也。偶过一荒货店，墙角有旧书一叠，探之，见此诗系十六册，又沈南疑集，皆康熙刻本。藏书人印曰兰卿，不知谁何。又见万历起凤馆刻《琵琶记》一册，附图甚精。扫数得之，倍价付值，估人诧为豪客。后又得陆梅谷藏旧抄《赤雅》，亦此人物，诸事如在目前。十年前群书俱沦盗手，后渐还来。四年前先得十册，实为后半，意谓劳燕未必终合矣，亦姑置之。前日又有书七百种还来，恰有前此分携之物，大喜逾望。因为跋此，记欣幸焉。癸亥冬至日，黄裳试乾隆光被四表墨书。

沈南疑先生《槜李诗系》四十二卷，平湖金南锳夏声校阅，康熙刻。十一行，二十一字。上下黑口，左右双边。板心下有敦素堂三字。前有康熙己丑朱彝尊序，康熙四十九年金南锳序，康熙己丑平湖陆奎勋徵刻槜李诗系续编引，康熙三十六年平湖沈季友南疑撰凡例。每卷前有目。收藏有“勤爱堂藏”（朱方）、“山亭秘笈”（朱方）、“兰卿”（朱方）、“书画记”（朱方）。

诗林广记

此册余今春获之都中来薰阁书肆，系天一阁旧藏本。薛叔耘天一阁见存书目卷四著录此书云，前集全，后集存卷一之五。此本存后集卷六之十，正阁书所佚也。当是早年流出阁外者，当珍护之。庚寅夏至夜雨甚，檐溜有声。展书因记。黄裳。

今日书友持一明大字刊本来，十行二十字。取与此校，无甚异同。印本殊不佳，刻亦远在此本后，即还之。此书传世者，元刊本、明弘治刊本及大字刊本俱常见，唯此正统宁夏刊本，未见有著录者，是匪仅以刊刻纸墨俱古为可珍也已。辛卯二月初二日，黄裳记。

精选古今名贤丛话《诗林广记》后集存卷七之十。属蒙斋野逸蔡正孙粹然，正统刻。八行，十六字。大黑口，单边。卷尾有正统十一年龙集丙寅季春中旬日奉政大夫陕西按察司佥事阳平王瑛跋，略云："余按临西陲，公暇往谒参赞军务大理寺丞滏阳罗公尚絅，出斯集以见示。……因念宁夏僻在边方，人罕得睹，遂捐廪给命工锓梓，以广其传。"书用黄薄皮纸印，色理苍杂，坚若绢素。信是宁夏旧刻。

诗翼

此嘉靖刻《诗翼》，精整可爱，惜仅余其半。余箧中残本多矣，抽暇展观，每每忘倦。此意少有人知。所谓玩物丧志，古董家数，殆难免此讥嘲。然犹贤博弈，庶可解嘲。今日博已禁断，奕则颇盛，并为显学。然则持一卷书，赏其纸墨之光莹，刻工之劲秀，似亦非甚恶事也。暇当以此意发挥之，为玩版本者张目。辛酉八月初二日，余暑尚炽，挥汗整书，戏为此跋。黄裳记。

《诗準》四卷，《诗翼》四卷，宋何无适程希编。嘉靖三年江都郝梁万玉堂刻，南京图书馆有其全书。甲子闰月更记。

《诗翼》存卷一之二，嘉靖刻。十行，十八字。白口，左右双边。前有目。

诗人玉屑

此明翻宋本《诗人玉屑》四册，余于北京隆福寺文友堂架上获之，尚为原装，封面题元亨利贞字，是当时已为残帙矣。刻法古秀可爱，当是初明开版。倩工重装，以为斋中清赏之具。庚寅大雪，灯下记。黄裳。

傅沅叔《藏园群书经眼录》著录一宋刊本。行款与此俱合，序文五行，序后图记无一不同。沅叔曾校近时仿宋刊本，所缺叶此本尚存，知是翻宋本无疑。戊寅冬日。

《诗人玉屑》存卷一之十六。宋魏庆之菊庄辑。明翻宋本。十一行，二十一字。上下黑线口。诗题大字，占双行。前有淳祐甲辰长至日玉林黄昙叔旸序。五行，四周双边。序后有木记三方："玉林"（长印）、"清则后人"（钟式印）、"黄氏图书"（方印）。

解颐新语

此书获之海上修文堂。后游北京，晤修绠堂主人，乃知此实为渠家书，两肆主人，乃兄弟行也。书出天津故家，初欲斥售藏书，呼贾人估价，甚低。再三估而其愈减。后乃售之打鼓者，实论斤而出也。孙某闻讯乃从打鼓人检得如千种，此其一也。以重价归余。书林鬼蜮伎俩及售书人之惨戚乃有不可言者如此。庚寅端午后二日，重读因记。黄裳。

徐兴公《红雨楼书目》中著录此本，有跋："皇甫先生文章绮丽，如西川美锦。读其全集，真徐庾之后一人而已，解颐新语之作，发明六义，语足千古，文成一家。屠田叔拔其俊语，为诗言五至，此则旧本全文也。春日闲坐，丽春盛开，漫览一过，遂书末简。丁未春日，徐惟起。"

《解颐新语》八卷，吴百泉山人皇甫汸撰。嘉靖刻。八行，十七字。白口，左右双边。前有黄鲁曾序。

锦树堂诗鉴

此康熙刻钱十青《锦树堂诗鉴》十二卷，有余澹心尤悔庵等序，参订者卢文子、吴园次等凡二十四人，皆一时名士。十青尝与玉峰徐树敏同选《众香词》。亦锦树堂藏板，世尚有之，只此诗鉴绝少知者，偶见于书肆架上，遂挟之归。使与诗余诸集为伍，亦一快也。丁酉惊蛰前一日，黄裳。

《锦树堂诗鉴》十二卷，吴趋后学钱岳十青编辑。每卷有参订者二人，卢元昌、吴绮、许之渐、吕潜、米汉雯、曾灿、劳之辨、杨瑄、许承家、费密、吴慈蓓、张远、王弘撰、丁炜、孔尚任、张潮、吴元麟、赵炎、施世纶、黄云、梁佩兰、汪森、周在浚、胡起也。康熙刻。十行，二十字。白口，左右双边。版心下有锦树堂三字。前有康熙戊辰王鸿绪序，康熙丁卯尤侗序，莆阳余怀序，康熙己巳归元肃序。

唐人千首绝句

此甫里许氏选刻《唐人绝句》四卷一册，书友杨寿祺自吴下携来，见之来青阁，因即携归。梅花墅遗书余得十许种，皆许氏世守之册，有家乘十卷二册，即许王俨所辑。有钞有刻，俱在康熙中。竹隐为自昌孙辈，之先亦其从兄弟行。此虽选本，重是许氏故迹，见之狂喜，不论价而携归，使与许氏它种并储，亦快事也。秋晴风高日丽，烦暑都去，晴窗展卷，漫记数语卷耑。余久不得佳书，亦久不为此业，搁笔概然。丁酉中秋前七日，黄裳。

此本为许人华选辑，安亦生思梓之而终未墨板，终由苏纶美刻行之，乞吴震方序之者也。卷中参阅姓氏多甫里许氏群从俊彦，可备家乘考索之资。卷二起始有旧人朱笔圈点，不著姓氏，时在康熙戊子，去今亦将二百年矣。辛丑正月十一日夜窗记。黄裳。

《唐人千首绝句》四卷，宋洪魏公万首原本，茂苑许之先人华选辑，襄平苏世禧纶美编，康熙刻。九行，二十字。白口，单边。板心上题唐绝二字。前有康熙丙戌吴震方序，康熙己巳许虬原序，卷前各有目，又参阅姓氏，皆同里人。

诗伦

此新安汪氏所刊《诗伦》二卷，今年春初曾见一本于市上，匆匆未及购，转瞬即为人攘去，意颇惜之。今日过市睹此，亟挟之归，与黄图珌《看山阁集》同得，快甚。清初此种选本甚多，余每见必收，亦论诗之一助也。椠刻精好，犹是余事，已亥三月初十日，好春良夜书。

《诗伦》二卷，新安汪薇辑。康熙刻。十行，十九字。白口，单边。版心下有寒木堂三字。前有仪封年弟张伯行序，次凡例，次参阅姓氏，卷尾有康熙丁酉同里后学吴瞻淇后序。卷末五行云："门人程御龙编次，男诜、諴、起谥、家谏校字。"

说诗晬语

徐汇唐肆主人于甫里故家买得故书多种，余往观，选得数十种。明清易代人稿本有五七种。此虽清刻，却为沈椒园故物，大可珍重。其家必有佳册，当嘱续访之。乙未雨水。

癸亥正月重展，距初得此已二十八年前事矣。旧藏星散，只此不忍弃去，感而书之。黄裳。

《说诗晬语》二卷，长洲沈德潜碻士撰，雍正刻。十行，十九字。白口，左右双边。前有沈德潜序。收藏有“沈印廷芳”（白方）、“茮园”（朱方）、“芷畦珍藏”（朱方）。

忆旧游诗话

癸巳中秋日湖上收。黄裳记。

湖上有旧肆名拜经，估人常收书绍兴，颇有佳本。然余从未从之得一册也。偶过之，于案头检得此册，洎问更有何书，乃绝不肯出，且出恶声，遂辞之出。杭估往往类此，漫识之以当一笑。癸巳八月十九日。

此丰华堂杨氏故物也。其家颇有善本，年来零散尽矣。曾见崇祯刊《海陵逸史》二卷，即其家书。因为黠估所劫而失收，意甚惘惘。此册重装毕，因更记之。癸巳十月廿六日，黄裳。

乙未芒种后一日阅一过。文字简洁，琐琐有致，多记民生俗信，亦颇有补史乘。间有荒诞不经处，然语意诚挚，亦可喜也。不失清人诗话佳品，流传至罕，可珍重也。小燕。

《忆旧游诗话》二卷，钱塘冯一鹏止园著。乾隆刻。九行，十八字。白口，单边。前有乾隆十五年姻侍生同里沈廷芳序，乾隆戊辰长洲卮园马璞序，龙眠张若霁序。目录。收藏有“丰华堂书库宝藏印”朱文大方印。

消夏录

壬辰大雪节后四日，海上所收。

此诗话之俦，十砚斋主人作，流传颇稀。余得之郭石麒书包中，藏之三十年矣。鸣野山房沈氏，越中书估，亦自藏弆，余所得其家书不少。万历刻利器解尤为名物。癸亥新正，展卷书红记。黄裳。

案：此跋误记，利器解为小李山房旧藏，非沈氏也。

《消夏录》二卷，古越余文仪宝冈鉴定，永福黄任莘田辑，乾隆刻。十二行，三十五字。白口，单边。前有乾隆旃蒙协洽岁古越余文仪序，后有余延良跋。收藏有“鸣野山房”朱文方印。

词苑丛谈

余久欲得此书，而原刻匆匆难遇。今日傍晚偶过旧市乃得见之，且颇初印，因得之归。去岁余收得吴中严豹人《续词苑丛谈》稿本，取与此册并储，大是快事。电发所刻香严斋、棠村、锦瑟诸集，余皆收得。去岁且以百金重直得《菊庄词》原刻本，可谓于枫江渔父有胜缘矣。挟书归来，灯下记事。丙申立夏夜，来燕榭中书。小燕。

《词苑丛谈》十二卷，松陵徐釚电发编辑。康熙刻。九行，二十字。白口，左右双边。前有康熙戊辰温陵丁炜雁水序，尤侗序。康熙戊午自序，康熙戊辰又序。次凡例。目录，收藏有“我锜之印”（朱方）。

续词苑丛谈

此《续词苑丛谈》稿本，毛订六帙，尚未分卷。长洲严豹人原稿，未经刊刻，甚可重也。吴下估人，挟来沪上，索重直，未之收也。估人告，豹人与荛夫为朋辈，黄跋旧抄纬略中曾说及之。昨日检得原跋，荛翁云，余友严豹人，向住县桥巷，家多藏书。曾见其收得唐诗手录《纬略》一册，心甚羡之。后迁居甫里，豹人亦故，所藏书往往散佚云云。是豹人亦吴下藏书之有名者，且较黄氏尚早逝二十余年，行辈亦较先也。估人更告此书原藏主更有杨复吉手抄《北轩笔记》一册，有题识，系杨氏录赠豹人者。书在吴下，亦允归余。遂更忆之。今晨估人又来，询知此本尚在，遂嘱其持来，以重直收之。家藏词书，遂又多一秘本矣。时方得故书十数种于徐绍樵许，词本有康熙刻《林下词选》十四卷，为徐紫珊旧物。两美作合，书缘美甚。灯下展卷，因题记焉。乙未春分后一日，来燕榭记。

钱大昕《潜研堂诗续集》卷六，有严豹人移居城东，次西庄韵二律：

一枝随处寄壶公，塔影双浮老屋东。休诧借车无长物，只因入户有清风。沧浪谈艺源流别，彭祖传经志趣同。衮衮书囊探未了，悬河直下泻长虹。

松陵唱和句争夸，小住圆桥水一涯。临顿自来高士里，蜀严本是读书家。笔床茶灶闲俱适，扫地焚香静不哗。生怕金阊太烦闹，此间风土最清嘉。

《续词苑丛谈》十卷，长洲严蔚豹人编辑。手稿本，抄白，十一行，二十字。小楷精妙，卷中有豹人朱墨笔校迹。未分卷，以体制、音韵、品藻、纪事、辨证、谐谑、外编分十部，各为起讫。

图书在版编目（CIP）数据

来燕榭读书记：汇编本．下/黄裳著．--济南：山东人民出版社，2022.2

（黄裳集．古籍研究卷．V）

ISBN 978-7-209-13312-8

Ⅰ.①来… Ⅱ.①黄… Ⅲ.①散文集—中国—当代 Ⅳ.①I267

中国版本图书馆CIP数据核字(2021)第116489号

来燕榭读书记（下）

LAIYANXIE DUSHUJI（XIA）

黄裳 著

主管单位 山东出版传媒股份有限公司

出版发行 山东人民出版社

出 版 人 胡长青

社　　址 济南市市中区舜耕路517号

邮　　编 250003

电　　话 总编室（0531）82098914

　　　　 市场部（0531）82098027

网　　址 http://www.sd-book.com.cn

印　　装 天津图文方嘉印刷有限公司

经　　销 新华书店

规　　格 16开（160mm×230mm）

印　　张 26.25

字　　数 260千字

版　　次 2022年2月第1版

印　　次 2022年2月第1次

ISBN 978-7-209-13312-8

定　　价 70.00元